Judith Kauffmann - *Nix Besseres wie was Gutes*

Seit meine Mama nicht mehr lebt, muss ich sie selbst zubereiten: die Pfannkuchentorte mit gekochtem Schinken. So ein Tortenstückchen, begossen mit etwas Sauce hollandaise, zu Spargel – mhm.

Judith Kauffmann

Nix Besseres wie was Gutes

Meine Lebens-
Geschichten
in Kochrezepten

LEINPFAD
VERLAG

Für meinen Sohn Jan

Umschlag, Layout: Ursula S. Kosa, Ingelheim
Fotos: S. 150: Wolfgang Junglas; S. 2, 136: Martina Lenz; S. 38: Stadtarchiv Neustadt an der Weinstraße;
alle anderen Fotos: Judith Kauffmann
Lektorat: Angelika Schulz-Parthu
Druck: TZ Verlags & Print GmbH, Roßdorf

Leinpfad Verlag, Leinpfad 5, 55218 Ingelheim,
Tel. 06132/8369, Fax: 896951
E-Mail: info@leinpfadverlag.de
www.leinpfadverlag.com
ISBN 978-3-945782-68-2

Inhalt

„Das ist der Sinn des Ganzen. Man wählt einen Laib Brot aus. Man geht leichtsinnig mit der Butter um. Man richtet in der Küche Chaos an. Man versucht, keine Reste verkommen zu lassen. Man gibt seinen Freunden und seiner Familie zu essen. Man sitzt um einen Tisch herum und übt sich in dem, was die Menschen zu sozialen Wesen macht: Man teilt sein Essen mit anderen. (...) Es ist eine Angelegenheit des gesunden Menschenverstandes."

Aus: Julian Barnes, „Fein gehackt und grob gewürfelt / Der Pedant in der Küche", Köln 2003

Vorwort:

„Nix Besseres wie was Gutes.“ Mein Buchtitel ist auch mein Wahlspruch. Ein sehr guter Freund von mir, der früher mal mehr als ein Freund für mich war, hält dagegen: „Das Bessere ist der Feind des Guten“ – sein Motto. *Aaa net schlecht.* Aber ich fühle ein Widerstreben. „Das Bessere ist der Feind des Guten“ – was schwingt da mit? Eine Unruhe, eine tendenzielle Unzufriedenheit. Die auch für eine Liebesbeziehung verunsichernd sein kann. So etwa: „Noch bist du gut genug, aber wehe, es kommt was Besseres um die Ecke ...“

Nun sagt uns die Lebenserfahrung: Irgendwo, irgendwann – sei‘s in der Liebe, in der Kunst, im Sport und natürlich auch beim Essen und Trinken – begegnet dem Guten tatsächlich das Bessere und übertrumpft, was vorher doch eigentlich ganz prima war. Stimmt. Und doch setz ich diesem Grundgefühl des Vorläufigen, des Unsicheren meinen Lieblingssatz bewusst entgegen. Also mit Überzeugung und gern *uff gut pälzisch* gesprochen, geschrieben: *„Nix Besseres wie was Gutes.“* Das soll nicht heißen, dass ich mich mit dem nächstbesten Guten bescheide. Mein „Gutes“ ist das, was sich bewährt hat, was ich schließlich als perfekt erlebe. Erprobtes, das den Vergleich nicht scheut. Beispiel: mein Gratin dauphinois. Ein sehr einfaches Gericht: dünne Kartoffelscheiben, in Sahne gratiniert. Keine Schikanen. Nicht mal Käse zum Überbacken. Das im Backofen zusammengeschmurgelte Aroma von (guten!) Kartoffeln, etwas Knoblauch, Salz und Muskat mit der Sahne braucht keinen Parmesan – die wunderbare Alchemie der Küche verbindet alles auf das harmonischste, und seltsam: Mein Gratin schmeckt sogar ein wenig nach Käse.

Einmal wurde ich meinem Küchenprinzip untreu – und prompt bestraft. Meine Mousse au chocolat (s. S. 136) ist auch eine relativ einfache, aber einfach gute. Nun hatte ein Freund (übrigens der mit dem Spruch vom Besseren, das der Feind des Guten sei) – nun hatte dieser Freund beim alljährlichen Osterbrunch zum Wettbewerb aufgerufen: Es ging um die beste Mousse au chocolat. Ich wollte unbedingt gewinnen, und mir wurden auch gute Chancen eingeräumt. Und was tat ich? Ich schüttete in die geschmolzene Schokolade statt des einen kleinen Schuss Cognac wie sonst noch einen und noch einen. Und noch einen ganz kleinen. Die Folge: Meine Mousse war von der Konsistenz her toll wie immer, aber im Geschmack zu alkoholisch, brandig. Ich hatte verloren. Wer sich selbst aus Ehrgeiz untreu wird, den bestraft das Leben.

Ich erzähle – der Untertitel meines Buchs sagt es – meine Lebensgeschichte mit Kochrezepten. Warum? Weil ich viel Spannendes in meinem Leben, auch ganze Lebensphasen mit Gerichten verbinde, solchen, die ich gern gegessen und solchen, die ich gern gekocht habe. Und da bin ich nicht die Einzige: Fast jedes Gespräch über Kindheit, über frühere Erlebnisse, über besondere Momente und Erfahrungen landet auch beim Essen.

Mein Motto bewährt sich nicht nur in der Küche. Als gelegentlich von Schwermut geplagte Frau, die auf viele so fröhlich wirkt (mein Sohn hat mal gesagt: „Die Mama ist eine Pessimistin, die gut drauf ist.“) – als diese Person lebe ich mit einer gewissen Grundbescheidenheit in dieser laut Kleist „gebrechlichen Einrichtung der Welt.“ Und antworte auf Fragen, wie‘s mir geht: *„Am liebschte gut!“*

Falls Sie sich fragen: Erzählt sie in ihren Lebensgeschichten wirklich alles, die ganze Wahrheit, auch aus ihrem Privatleben? Nun: Ich bin eine aufrichtige Autobiografin, aber nicht alle Wahrheiten gehören mir. Für die eine oder andere Person oder Begebenheit, die in meinem Leben wichtig waren, aber hier verschwiegen werden, gilt der schöne Erich-Kästner-Satz: „Wenn ich die Wahrheit sagen sollte, müsst ich lügen“ (so endet sein Gedicht „Eine Animierdame stößt Bescheid“).
Übrigens: Ein Kapitel handelt von einer Lüge, die mir nicht bewusst war, und von der Unzuverlässigkeit menschlicher Erinnerungen ...

Mein Sohn hat mich sehr zum Schreiben dieses Buchs ermutigt. Als er dann ein Kapitel las, meinte er: „Oh! Du gibst da sehr viel von dir preis. Hast du dir das gut überlegt?“

Meine Antwort: „Ja.“

1 Kindheit in de deier Zeit oder: Pfannkuchen für's Bummerlein Bum

Es war einmal ein dicker fetter Pfannenkuchen, gebacken von drei alten Frauen, der fühlte einen so unbändigen Freiheitsdrang in sich, dass er mit einem Satz aus der Pfanne durch das Fenster sprang. Von dort läuft er – kantapper, kantapper (man stelle sich dazu Hufgetrappel vor) – die Straße hinunter in den hellen Sonnenschein. Und alle, die er unterwegs trifft – die Katze Miatze, der Hahn Kradahn, die Kuh Muh-Muh – alle wollen nur das eine von ihm. Sie rufen: „Komm her, dicker fetter Pfannekuchen – lass dich auffressen!" Aber er läuft – kantapper, kantapper – immer weiter bis in den grünen Wald. Da kommen drei Kinder daher. Die haben keinen Vater und keine Mutter mehr. Und noch nichts gegessen den ganzen Tag! Denen springt der dicke fette Pfannekuchen in den Korb hinein und lässt sich aufessen. Mein erster Held war er – der dicke fette Pfannekuche.

Mit ihm hat mich meine Mama bekannt gemacht. Natürlich erst, als ich schon groß genug war für Gute-Nacht-Geschichten und für feste Nahrung. Den kleinen dicken Pfannekuche hab ich geliebt. Und fand sein Verhalten – dass er erst ausgerissen ist, sich dann aber geopfert hat, um die Not der Kinder zu lindern – vorbildlich.

Was dieselbe kleine Judith nicht dran hinderte, alle Pfannekuchen, die sie kriegen konnte, aufzuessen. Das entsprechend gut genährte Kind bekam vom leiblichen Vater den Spitznamen Bummerlein Bum.

Was vorher geschah, bevor es das Bummerlein Bum gab: Meine Mama Hilde wuchs in Kindsbach bei Landstuhl auf, als eine von vier Töchtern, mit denen Michael und Elsa Weis gesegnet waren. Von diesen wunderbaren Großeltern wird noch die Rede sein. Vier Mädchen waren schon viel. Aber wie stolz sprach der Opa immer von *„seine vier Määd"*!

Und auf sein *Hild'sche* – meine Mama, die zweite von links, auf diesem Foto (s. S. 14) schon eine gestandene Frau – war er besonders stolz. Schon als Mädchen war sie wissbegierig, hatte Freude

Kleine Judith

Papa Rudi Seise

Meine Mama und
ich als Baby

Die vier Määd. Die zweite von links ist meine Mama

am Lernen. Eine höhere Schule aber war damals nicht drin. Dafür eine Ausbildung zur Metzgereifachverkäuferin. *Aa net schlecht.*

Meine Familie mütterlicherseits war und ist eine sozialdemokratische. Am Haus der Großeltern (Familiensaga: Der Opa hätte jeden einzelnen der verbauten roten Sandsteine selbst gebrochen) – an diesem Haus hing nie die Hitler-Fahne zu Führers Geburtstag. Der mutige Sozialdemokrat Michel Weis hat das teuer bezahlt, zum Beispiel mit der Degradierung vom Bahnbeamten zum Hilfsarbeiter. Und dennoch blieb er standhaft. Meine Mama gestand mir Jahre später, sie habe sein Verhalten damals mit gemischten Gefühlen gesehen. War ihr Vater nicht einfach furchtbar altmodisch, sich so gegen den neuen Zeitgeist und gegen diesen von so vielen verehrten Adolf Hitler zu stellen?

Sie wollte es wissen und meldete sich als Sekretärin und Hilfskrankenschwester nach Krakau. Und da wurde schnell alles klar: Schaudernd erlebte sie, wie aus deutschen Landsleuten, aus braven Familienvätern Unmenschen wurden, die sich mit ihrem Einsatz in Erschießungskommandos brüsteten – für 'ne Flasche Schnaps. Mama waren die Augen nun ganz und gar geöffnet worden. Sie hasste die Nazis, befreundete sich mit ihren gescheiten, französisch parlierenden Zimmerwirtinnen, half dem subversiv gegen die Nazis tätigen Lazarettarzt, wo immer sie konnte. Aus dem Krieg zurück kam eine nun ganz und gar überzeugte Sozialdemokratin, die – nicht das Unwichtigste – den Führerschein erworben hatte. Jahre später habe ich ihren Mut zur Ehrlichkeit mir gegenüber wertgeschätzt: dass sie ihre anfänglichen Zweifel eingestanden hat.

Der Krieg war zu Ende, meine Mutter suchte und fand Arbeit, machte eine zweite Ausbildung als Buchhalterin. Nach Feierabend fuhr sie im Auftrag der SPD über Land, um in Lichtbildvorträgen Menschen für die Sache der Partei zu gewinnen. In einen Genossen verliebte sie sich, in Rudi Seise. Ein kluger, eher zarter Mann, aufgewachsen in Kaiserslautern in einfachen Verhältnissen. Auch er hatte schwere Zeiten hinter sich. Seine erste Frau war tot, an einer Infektionskrankheit gestorben, während er im Krieg war. Der untröstliche Witwer heiratete dann doch schnell eine zweite Frau, die von ihm schwanger war. Er wurde Vater. Seine erste Tochter – Heide – kam 1946 zur Welt. Die Ehe hielt nicht lang. Hatte das mit Hilde Weis aus Kindsbach, der tüchtigen autofahrenden Sozialdemokratin, zu tun? Ich weiß es nicht. Jedenfalls wurde Hilde die Ehefrau Nummer 3, und ich kam im April 1949 zur Welt, als sein zweites Kind. Der Bummerlein-Bum-Vater erwarb sich die kindliche Liebe durch eine spezielle Fähigkeit: Er konnte Orangen so schälen, dass am Ende aus den Schalen eine Art Kronen-Käppchen geworden war – das sah schön aus. Und das Fruchtinnere geruhte die kleine Orangen-Königin dann zu verspeisen! Ein seltenes Ereignis – schließlich befinden wir uns in den frühen 1950er Jahren und Südfrüchte waren Luxus. Aber es war auch eine Zeit, in der es noch solche Grundsätze gab: „Jedem Kind jeden Tag eine Frucht."

Meine Mama als junge Frau im Dienst in Krakau

Im Alltag machte sich Rudi rar: „Hilde, du kannst mir das Kind jetzt eine halbe Stunde geben!" Wie wertvoll, aber auch wie knapp bemessen war solch eine halbe Stunde! Damals, so erzählte es mir Mama später, sah es so aus, als wären diese beiden politisch engagierten jungen Leute glücklich miteinander. Aber sie waren's wohl nicht. Er war und blieb ein Getriebener, nie zufrieden. Beispiel: Er kam zum Mittagessen nach Hause und beschwerte sich. Noch nie habe Hilde Kalbskopf en tortue gekocht. Meine Mama, Tochter einer gelernten Köchin, kannte dieses Gericht (auf deutsch: Kalbskopf nach Schildkrötenart): schwabbelige Stückchen vom Kalbskopf, serviert mit Champignons, Gürkchen und Madeirasauce. Doch woher kannte ihr Rudi dieses Feine-Leute-Essen? Sie ging in die Stadt, seinen Weg benutzend, und fand es heraus: Am Aushang des Hotels Regina war eben dieser „Kalbskopf en tortue“ als Tagesessen angezeigt. Tja, das Mittagessen seiner Frau mag ein gutes gewesen sein, aber da musste es doch Besseres geben – und das Bessere war immer das Neue, das Unbekannte.

Mama hat die Kalbskopf-Geschichte noch amüsiert. Doch was dann kam, war nicht mehr amüsant. Er ging mehr und mehr auf Extratouren, wandte sich von seiner Frau ab, betrog sie. Ich denke heute, dass er ihr vielleicht ihre Tüchtigkeit, auch ihren sich abzeichnenden politischen Erfolg geneidet hat. Wie auch immer: Ich war zwei oder drei Jahre alt, da brach der Bummerlein-Bum-Vater auf zu neuen Ufern – nach Düsseldorf und zu Ehefrau Nummer 4. Mit der er zwei weitere Töchter bekam.

Wir vier Rudi-Seise-Töchter hatten untereinander wenig Kontakt. Inzwischen sehen wir uns einmal im Jahr. Und stellen fest, dass der inzwischen gestorbene Vater für jede von uns ein ganz anderer war. Ich denke aus einem Grund oft an ihn: Mein Sohn hat seine ausgesprochen schöne Kopfform geerbt.

Meine Mama war also recht schnell mit dem Bummerlein Bum allein. Es gab auch noch ein paar Altlasten: Schulden. Der Bücherschrank, den mein wissensdurstiger Vater gekauft und mit nach Düsseldorf genommen hatte, musste abbezahlt werden. Eine Frage der Ehre für meine Mama. Aber trotz Geldsoregn hab ich diese Zeit in schöner, vielleicht verklärter Erinnerung. Sicher: Tagsüber war Mama arbeiten. Ich war im Kindergarten und oft bei den Bürgers, einer befreundeten Familie. Am Freitag fing das wirklich gute Leben an: Meine Mama und ich gingen nach Feierabend wahlweise ins Café oder in die Milchbar. Ich mochte beides, aber ein bisschen lieber doch das Café mit seiner Prachtentfaltung: rot gepolsterte Sessel und Stühle, vor einem Riesenspiegel ein wunderschöner Sarotti-Mohr. Zu trinken gabs Kakao mit Sahne, zu essen nicht die verführerischen Sahnetorten. Denn ich hatte früh Spaß an Sprachwitz und liebte deswegen am meisten ein knuspriges Gebäck, das den schönen Namen „Schweinsöhrchen“ trägt.

Die Krönung der Wochenenden aber war der Morgenrock-Sonntag. So genannt, weil Mama und Kind den ganzen Sonntag im Morgenmantel/Schlafanzug vertrödelt haben. Mama trug damals ein Nachthemd aus einem Stoff, den ich mir gemerkt hab: Crêpe de Chine. Rosa, aber nicht das kitschige Rosa. Und bestickt. Und wenn wir uns doch anzogen, dann unternahmen wir was Schönes: fuhren zum Beispiel mit dem Zug nach Bad Dürkheim und gingen im Kurpark spazieren.

Das mit dem Bummerlein Bum und meiner Vorliebe für den dicken fetten Pfannekuche trag ich im Herzen. Und Pfannkuchen spielen noch heute eine wichtige Rolle in meiner Alltagsküche.

Mein einfachstes Pfannkuchenrezept für 6 kleine Pfannkuchen
je 1 Tasse Mehl, Eier und Milch
Zuerst verrührt man Milch mit Mehl, dann mit den Eiern. Dann backt man die Pfannkuchen in Öl mit etwas Butter oder in Butterschmalz.

Noch eierlastiger ist **Wolfram Siebecks Pfannkuchenrezept für Kinder**, das er **Kantapper-Kantapper** nennt: *5 Eier, 100 g Mehl und etwas Milch.*

Ich bevorzuge inzwischen das **Rezept von Marcella Hazan** aus ihrem Kochbuch „Die klassische italienische Küche“. Für ihre Crespelle, das sind dünne Pfannkuchen, verwendet sie *1/4 Liter Milch, 2 Eier, 85 g gesiebtes Mehl.* Ergibt etwa 6 Pfannkuchen.

Wollte ich die Pfannkuchen süß gefüllt, tat ich früher Zucker in den Teig, wollte ich sie pikant, dann würzte ich den Teig mit Salz und Muskat. Das lass ich heute sein: den Unterschied schmeckt man kaum, und ich bin flexibler bei der späteren Verarbeitung. Mein Meister Johann Lafer (er kommt später ausführlich zu Wort) gibt immer auch zerlassene Butter in den Teig. Kann man machen, muss man aber nicht.
Meine Lieblingsfüllung für die salzigen Pfannkuchen: das alt-

Mama und ich im Kurpark

Erste Liebe: Joachim und ich

modische Haschee. Also mit fein geschnittenen Zwiebeln und Champignonwürfelchen gut gebratenes Hackfleisch, zu dem man der besseren Bindung wegen noch etwas Crème fraîche gibt. Schmeckt auch gut nur mit Pilzen und ohne Hackfleisch. Das allerbeste aber: die **Pfannkuchentorte,** die meine Mama kreiert hat. Die funktioniert so: ein Pfannkuchen, eine Scheibe gekochter Schinken werden abwechselnd aufeinander geschichtet. Von dieser Pfannkuchentorte schneidet man sich ein Tortenstückchen ab, gießt etwas Sauce hollandaise darüber und isst es zu Spargel. Mhm.

Da fällt mir ein: Meine allererste Liebe hat genau damit zu tun, mit gutem Spargel. Als Mama und ich allein lebten, besuchten wir öfter eine Kollegin Mamas, mit der sie auch befreundet war, Frau Ohler im vorderpfälzischen Meckenheim. Und die Ohlers hatten ein Spargelfeld. In der Spargelzeit stand bei ihnen immer eine Schüssel mit Spargelsalat bereit. Und jeder Besucher – auch Mama und ich – bekamen Spargelsalat aufgetischt. Ist es ein Wunder, dass ich Meckenheim und die Ohlers und Joachim, den Sohn von Mamas Kollegin, liebte? So etwa vier oder fünf Jahre alt war ich damals. Und er? War auch hinter mir her.

2: Ein neuer Papa oder: Mir henn en Unkel Karl, der heirat uns

Ein neuer Mann trat in Mamas Leben. Das muss das Kind erleichtert haben. In der Familiensaga ist überliefert, dass ich im Kindergarten verkündet hätte: „*Mir henn en Unkel Karl, der heirat uns!*“ Tatsächlich: Dieser junge Mann, Karl Kerner, war ein Polizist aus Schwanheim im Wasgau. Ein bisschen jünger als meine Mama, gut aussehend, ziemlich unpolitisch.

Den Krieg hatte er als grade mal 17jähriger auf der Nordsee erlebt. Von dieser Zeit als Matrose erzählte er bis ins Alter – eher, als sei das alles ein großes Abenteuer gewesen. Das sah meine Mama – klar – ganz anders, und es gab ein Eheleben lang immer wieder Diskussionen zwischen den beiden über die Dinge des Lebens, über Freiheit und Anpassung, über politische Fragen. Später erfuhr ich, dass Karl seinen Verwandten im konservativen Heimatdorf bis kurz vor der Heirat ein paar Kleinigkeiten verschwiegen hatte: dass seine künftige Frau schon mal verheiratet war, dass da ein Kind aus dieser ersten Ehe war und – das Schlimmste von allem – dass die Braut Sozialdemokratin sei.

Aber er wurde und war ein prima Papa und gewann meine Liebe, als er mir an Weihnachten für den improvisierten Kaufladen kleine Marmeladengläschen schenkte. Mit echter Marmelade drin. Mama und er heirateten. Und zwar richtig kirchlich, denn Mamas erste Ehe war nur standesamtlich geschlossen worden. Ich fand, sie sahen toll aus in der Kirche. Sie im schwarzen Kostüm, mit ein paar feinen Federchen auf dem schicken Hütchen und im Arm ein Bouquet von gelben Rosen, Teerosen. Und der neue Papa? Ich sah‘s aus der Nähe und schwöre: Ein Schweißtropfen rann während der Trauzeremonie auf seiner Nase gefährlich nach vorne. Sehr aufregend das alles!

Der neue Papa erwies sich als ein lieber. Brachte mir Fahrradfahren bei. Und abends, wenn er in der Gendarmeriewache zum Nachtdienst antrat, durfte ich ihm mit Mama sein Essen bringen. Liebevoll belegte Brote. Von denen ich immer eins abbe-

Karl Kerner, der junge Matrose aus dem Wasgau

Meine tolle Mama in ihrem Ausgeh-Kleid, das ich liebte

kam. Erkenntnis schon damals: Nix schmeckt so gut wie das Essen der anderen.

Das Kind wurde zum Schulmädchen. Und bekam morgens sein Frühstücksbrot in appetitlich kleine Häppchen geschnitten – *Reiterscher*. Welch ein Genuss, so ein bisschen verwöhnt zu werden in aller Frühe. Denn ich war und bin ein Morgenmuffel, da hilft so eine kleine Geste ungemein. Die *Reiterscher* machte meine Mama noch der 17jährigen Gymnasiastin Judith – und ein Jahr später auch der 18jährigen Ehefrau und jungen Mutter, die ich dann war und die gern und oft bei ihrer Mama vorbeikam. Denn auch mit achtzehn und mit neuen Pflichten und Verantwortungen: Bei ihr durfte ich weiterhin wenigstens ein bisschen Kind sein.

Wenn mich meine Erinnerung nicht trügt, gab's während meiner ganzen Schulzeit immer ein warmes Mittagessen. Keine Ahnung, wie sie – Hilde Kerner, geborene Weis, geschiedene Seise, Kommunalpolitikerin, in Teilzeit berufstätig, ehrenamtlich engagiert –, wie sie das alles geschafft hat. Mit dem Egoismus des Kindes hab ich mich das damals auch nie gefragt. Denn Mama hatte nicht diese Schuldgefühle auslösende Haltung: Ich opfer mich für euch auf. Sie tat gern, was sie tat. Obwohl sie sicher oft am Rand der Überforderung war. Ihre Art der Stressbewältigung (den Begriff gab's damals noch nicht, aber sie hatte jede Menge Stress) –, ihre Art, damit fertig zu werden, war eine genussvolle: Sie kochte gern, und sie aß auch gern. So wurde sie im Lauf der Zeit eine sehr füllige Frau.

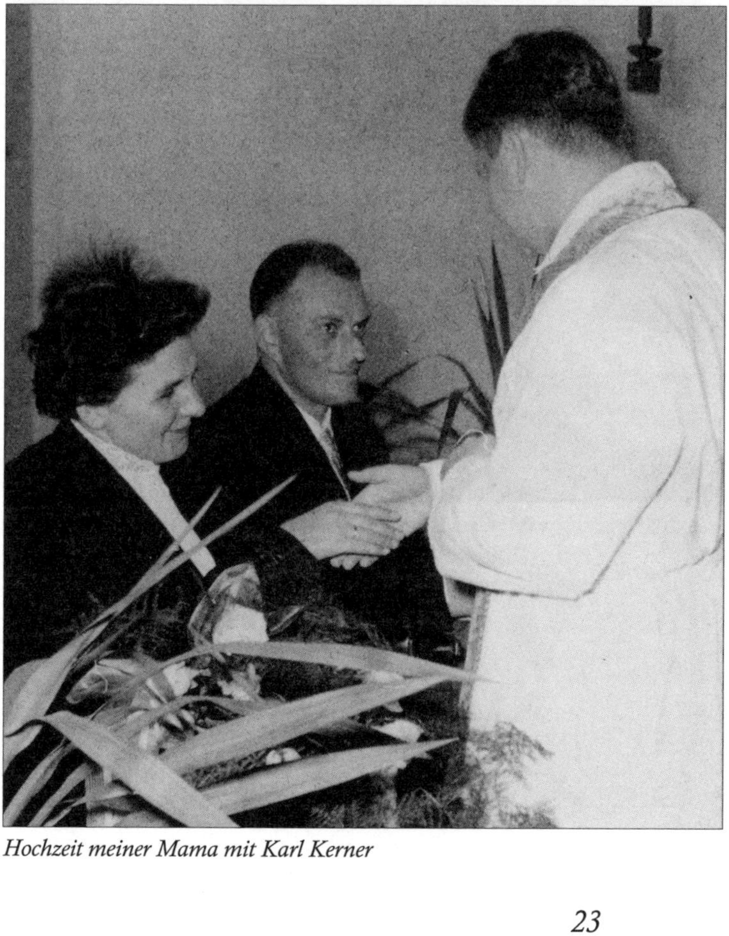

Hochzeit meiner Mama mit Karl Kerner

Meine Mama schnibbelt Gemüse im Garten

Zu Hause okay. Aber auch unübersehbar auf Wahlplakaten. Ich geb's zu, das hat mich schon ein bisschen gestört. Ich wollte, dass meine tolle Mama auch toll aussieht. Und hab heut selbst mit meinem Gewicht zu kämpfen. Mhm.

Ich kann meiner Mama nur einen Vorwurf machen: Sie hat so gut gekocht, dass ich's nie für nötig erachtet hab, selbst kochen zu lernen. Wie köstlich waren ihre Sonntagsessen! Zum Beispiel gefülltes Hähnchen. Das mocht ich immer und immer wieder.

Bei meiner Erstkommunion hat meine Mama experimentiert: Sie hat ein absonderliches Stück Fleisch zubereitet, eine Rinderzunge. Ich fands erst befremdlich. Dann fein: Hm, diese dunkle Sauce zu den feinen, zarten Fleischscheiben, die so 'ne eigenartige Konsistenz hatten!

Aber auch an einem x-beliebigen Werktagmittag konnte es eine Überraschung geben: Einmal servierte Mama Schnitzelchen, die drumherum irgendwie anders waren: die Oberfläche an manchen Stellen hochgewölbt, an anderen mit knusprigen Fähnchen. Das seien Schnitzel à la Parisienne, erfuhr ich: Nur mit Ei paniert und in reichlich Butterschmalz ausgebacken! Jawohl: Das sind Schnitzel auf Pariser Art.

Meine Mama – sie war so fürsorglich, so zugewandt, sie hat so viel gearbeitet. Wie oft sah ich sie in unserer Drei-Zimmer-Wohnung am Küchentisch die Papiere von Leuten ausbreiten, die sich mit ihren Sorgen an sie wandten. Es hat gut getan, dass ihr Engagement Anerkennung fand: Sie wurde SPD-Fraktionsvorsitzende im Neustadter Stadtrat, dann Landtagsabgeordnete. Geschätzt allseits, nicht nur bei den eigenen Leuten. Ein langes Leben war ihr nicht gegönnt. Sie starb im Alter von 66 Jahren. Der schmerzlichste Verlust in meinem Leben bisher.

Mamas Sonntagsessen: Gefülltes Hähnchen

Für 4 Personen:
1 großes Hähnchen samt Innereien
Für die Füllung:
1 Brötchen

1 Zwiebel, fein gehackt
reichlich gehackte Petersilie
100 g Bratwurstfüllsel oder Hackfleisch
die Innereien des Hähnchens oder Hähnchenleber extra gekauft, fein geschnitten
2 Eier
etwas Butter
Pfeffer, Salz, Muskat

Das eingeweichte Brötchen ausdrücken. Die Zwiebel in Butter braten, zusammen mit den fein gehackten, festen Innereien, das sind Herz und Magen. Etwas abkühlen lassen. Dann diese Masse mit den Brötchen, der fein gehackten Leber, dem Bratwurstfüllsel, den Eiern, der Petersilie gut vermischen. Mit Pfeffer, Salz und Muskat würzen und in das gut gewaschene und innen wie außen trocken getupfte Hähnchen füllen. Die Öffnung zunähen oder mit Holzspießchen schließen. Außen pfeffern und salzen, einige Stückchen Butter draufgeben und im Backofen bei 180° gut anderthalb Stunden braten – auf dem Rost mit Fettpfanne darunter oder in einem Bräter. Ich benutze dazu den Römertopf, lasse aber nach einer halben Stunde den Deckel weg. Das Hähnchen immer wieder mit Butter und Bratensaft begießen. Tranchieren und servieren. Zu jeder Portion Hähnchenfleisch gibt's einen schönen Löffel Füllung.

Diese Füllung allerdings – traurige Erkenntnis – mag in meiner Familie kaum jemand. Ja, Innereien sind leider aus der Mode gekommen.

Und wie war das nun auf längere Sicht mit mir und dem neuen Papa? Charly hab ich ihn später genannt, ein bisschen respektlos. Wir bekamen ein paar Probleme, als ich größer wurde und Dinge machte, die er nicht verstand: 1964 zum Beispiel mit Theaterspielen anfangen. Als 15jährige? Muss das sein? Und die Röcke wurden immer kürzer. Darf das sein? Es gab Zeiten, da hab ich mir den Lidstrich erst gezogen, wenn ich außer seiner Sichtweite war. Doch als ich dann eine Teenager-Mama wurde, da war er großartig. Mein Sohn Jan, meine Mama und er – das hat hingehauen!

Alles in allem war Charly sein Leben lang mein Papa, auch wenn wir uns immer etwas fremd blieben. Als in seinen Achtzigern sein Verstand nicht mehr so funktionierte, wie er sollte, war das schwierig für ihn. Aber dann doch wieder gut: Wir saßen im Café des Altersheims, in dem er nun lebte. Er freute sich über sein Stück Himbeertorte. Draußen grünte und blühte es. Ich sagte: „Papa, guck mal. Wie schön. Die Natur!" Er schaute aufs Gebüsch und sagte dann sehr ernst und lebensklug-warnend: „Ja. *Awwer die Wildsai*!"

Papa und ich

3: Bei de Kindschbacher Oma: Schneebällchen-Berge und in Schwanheim die besten Bratkartoffeln der Welt

Ich war noch nicht mal ein Schulkind, da durfte ich reisen: erst mit Mama, dann – was ich auch liebte – allein. Es ging mit der Bahn, damals noch Holzklasse, von Neustadt über Kaiserslautern ins schon erwähnte Westpfälzer Dorf Kindsbach, nicht weit von Landstuhl. Und vom Kindsbacher Bahnhof machte ich mich zu Fuß durch's Dorf – bis zum Hörnchen, einer Straße nicht weit vom Wald. Da hatte Opa für seine Familie ein Haus gebaut. Da lebten er und seine Frau Elsa, und als ich klein war, auch noch zwei der vier Töchter: Irene, die jüngste, die zur Handelsschule ging, und unterm Dach Ruth, die älteste, die schönste von allen. Tüchtige Arbeiterin bei's Paffe (Pfaff, dem Nähmaschinenhersteller), schicke Frau, die nach Feierabend einen kimonoähnlichen Morgenmantel trug, was mich sehr beeindruckte. Sie war alleinerziehende Mutter meines Lieblingscousins Peter. Dessen Papa ein französischer Offizier war, der nie mehr gesehen und von dem nie gesprochen wurde. In der Nachkriegszeit kam so etwas öfter mal vor und war im Fall meiner Tante Ruth auch keine Katastrophe.

Zum Haus gehörten ein Hof, ein Stall, zeitweise zwei Kühe, Ziegen, ein Ziegenbock, auf dem ich – sagt die Familienlegende – geritten bin, ein großer Garten mit wunderbaren Früchten wie Ringlo (= Reineclauden), kleinen, unfassbar süßen Birnen und einem geheimnisvollen Baum, der die vom Opa so genannten Derkelkersche trug (= türkische Kirschen? Nein: eher Mirabellen mit rot-lila Punkten). Dazu Gemüse aller Art.

Der Opa – Eisenbahner, Sozialdemokrat, als Soldat im Ersten Weltkrieg zum Freund Frankreichs und damit Freund der guten Küche geworden –, dieser Opa hatte mit Elsa die genau richtige Frau an seiner Seite: Gelernte Köchin war sie, und beider Liebe ging ganz sicher auch durch den Magen. Wenn der Opa seinen Mittagessen-Teller nicht fein säuberlich abgeleckt hat, erschien auf der Oma-Stirn eine tiefe Falte und sie fragte: „*Michel, hats der net geschmackt*!?“

Meine Kindsbacher Großeltern, Elsa und Michel Weis

Oma und wir vier: ich, Peter, Margot und Walter (v.l.)

Oma war eine souveräne Köchin, die auch aus nichts oder wenig was Gutes angerichtet hat. Nur einmal im Jahr erlebte ich sie nervös: wenn Kerb war. Zur Kerb (*Kerwe*) gabs eine sehr üppige Speisenfolge: Markklößchensuppe, die Brühe mit Grünkernmehl angerührt, das Suppenfleisch aus der Brühe dann als weiteren Gang mit Meerrettichsoße, schließlich Braten, dann Kotelett, dann Pudding, dann Kuchen. Alles kein Problem für meine Oma, die ja als Aushilfsköchin sogar gelegentlich *fer's Paffe* gekocht haben soll. Aber bei der Kerb saß die Tante Karli aus Bann am Tisch: Ehrfurcht gebietend, schlagfertig, hager, genussfreudig. Wenn Tante Karli bei einer Speise ihre Augenbrauen ein

Millimeterchen lüpfte, wurd Oma nervös. Doch am Ende waren immer alle satt und zufrieden.

Wir vier erstgeborenen Enkelkinder – die Cousins Peter und Walter, Cousine Margot und ich – konnten uns sowieso nicht beschweren: Was gabs Besseres, als den Berg von weißen, zarten Schneebällchen, die Oma regelmäßig für uns zubereitet hat? Die Klößchen aus gekochten Kartoffeln gehören zu den Mysterien aus Omas Küche: Sie waren schlicht kartoffelig und nicht großartig gewürzt, man aß sie mit Fleisch, aber auch mit gekochtem Dörrobst. Sie wurden in jedem Fall mit Butter und geröstetem Weckmehl abgeschmelzt, und wir vier haben ganze Berge davon verdrückt!

Ich habe – großer Fehler! – auch als Erwachsene Oma nie nach ihren Rezepten gefragt, deswegen hat es eine Weile gedauert, bis mir eine ordentliche Version von Omas Schneebällchen gelang.

Hier das Schneebällchen-Rezept: wichtigste Zutat sind gute, mehlig kochende Kartoffeln. Wichtigstes Utensil für die Zubereitung: meine Flotte Lotte, unentbehrlich für alle Arten von Pürees, von Gemüsesuppen und eben für die Schneebällchen; eine Kartoffelpresse tut‘s aber auch.

Schneebällchen

Für 12 eher kleine Schneebällchen:
600 g mehlig kochende Kartoffeln
1 Ei, 1 Eigelb
60 g Kartoffelstärke, evtl. auch etwas Mehl
35 g geschmolzene Butter
Salz, geriebene Muskatnuss

Ich koche die Kartoffeln, bis sie weich sind (das kann bei großen Exemplaren schon mal 40 Minuten dauern), schäle sie, mahle sie mit der feinen Reibe der Flotten Lotte durch und lasse diese Masse bei 100° im Backofen noch etwas ausdampfen (das kann, muss aber nicht sein.) Auf diese Masse dann das Ei und das

Eigelb, gut verrührt, die Kartoffelstärke und die geschmolzene Butter geben, alles zügig vermischen mit Gummispatel oder Kochlöffel und nie, wirklich nie mit dem Handrührer. Denn: Wer gekochte Kartoffeln, ob für Püree oder Klöße, mit dem elektrischen Rührgerät quält, wird bestraft durch einen hässlich klebrigen Teig!

Mein Teig klebt nicht, oder falls doch ein bisschen, dann mach ich ihn mit einer Handvoll Weizenmehl griffiger, arbeite dabei noch Salz und reichlich geriebenen Muskat ein und forme mit nassen Händen kleine Klöße. Die gebe ich in einen großen Topf mit reichlich Salzwasser, das eben noch gekocht hat, aber nun nur noch simmern darf. Das Garen geht schnell, dauert maximal 10 Minuten. Wenn die Bällchen oben schwimmen, sind sie gut. Dazu passen ein Ragout, ein Braten, auch ein Gemüsegericht – nur Soße sollte immer im Spiel sein.

Mein späterer Meister und Kollege Johann Lafer bereitet die Klößchen ganz ähnlich zu, nur gart er die Kartoffeln im Backofen, auf einer Schicht Salz, was um einiges länger dauert als das Kochen, was aber gut für's Aroma und die Konsistenz sei. Sagt er. Und drückt sie nach dem Schälen gleich zweimal durch die Kartoffelpresse. Was den Teig feiner mache. Sagt er. Und hat wahrscheinlich wie immer recht. Seine Mengenangaben sind ein bisschen weniger stärkelastig als meine: für 900 g Kartoffeln nimmt er 75 g Stärkemehl, dazu 3 Eigelbe und 50 g flüssige Butter. Und zum Servieren gibt er in Butter gebräunte Semmelbrösel über die Klößchen, *ganz wie moi Oma*.

So vieles aus Omas Küche hat mir geschmeckt. Und manches konnte ich nicht rekonstruieren. Ich erinnere mich an eine Milchsuppe, die nicht süß war, sondern würzig schmeckte, irgendwie muss da Fleischbrühe im Spiel gewesen sein. Aber trotz einiger Versuche: Ich hab's nicht hingekriegt. Die *Franzosesupp „Quer durch de Gaade"* gab's den ganzen Sommer und Herbst über, und wir Enkel durften sogar helfen: von allem, was der Garten an Gemüse grade hergab etwas in die Küche bringen. Wie köstlich roch und schmeckte diese Suppe!

Nun bin ich selbst Oma. Und finde eins seltsam: Meine Großmütter haben nie mit uns gespielt. Sie waren einfach zu beschäftigt, glaub ich. Das mach ich, die Oma von heute, anders: Klar koch ich auch für „meine“ Kleinfamilie. Aber vor allem bin ich unermüdliche Mitspielerin meiner geliebten Enkeltochter. Das geht dann so: Sie sagt: „Oma, ich bin das Urmel, du bist der Professor und alle anderen.“

„Und was machen wir?“

„Na, denk dir was aus!“

Oder: „Oma, du bist der große Lastwagen, ich der kleine und der Abschleppwagen und die Werkstatt.“

„Und was machen wir da?“

„Denk dir was aus.“

Für mich als kleines Mädchen war Kindsbach so etwas wie die zweite Heimat. Wenn ich dorthin kam – wie schon erzählt, immer mit der Eisenbahn – und wenn ich dann durchs Dorf ging, fühlte ich mich schnell liebevoll adoptiert. Die übliche Frage war: „Wem geheersche dann?“ Meine Antwort – „Em Weise-Michel“ – erzeugte Respekt. De Weise Michel, der in zwei Kriegen zum entschiedenen Gegner von Krieg und Militarismus geworden war, bewährte sich im Gemeinderat als politisch denkender und handelnder Mensch. Dabei freundlich und zugewandt. Ich war vor allem fasziniert, wenn er am Hoftor mit Fräulein Vollmer Konversation machte. Sie, eine ältere, feine Dame, die man, weil unverheiratet, Fräulein nannte und die eine Bankfiliale leitete, und er waren die Einzigen weit und breit, die französisch parlierten ... Klar, dass ich später, viel später im Gymnasium mit Begeisterung französisch lernte.

Auch die Begeisterung für Grumbeere hatte mit meinem Opa zu tun. Beispiel: Natürlich gab es draußen im Feld einen Grumbeeracker für die familiäre Grundversorgung. Aber für uns Enkel pflanzte Opa im Garten beim Haus auch zwei Beete Kartoffeln. Die gehörten uns – und dienten vor allem dafür, dass wir nach der letzten Ernte im Herbst dort mit den verwelkten Pflanzen ein Kartoffelfeuer veranstalten konnten. Die Knollen – fast verbrannt in Feuer und Asche – aßen wir vier am allerliebsten.

Die Großeltern hatten einen schönen, aber etwas unheimlichen, kühlen Keller. Da lagerten die Kartoffeln in einer großen Kiste auf dem fest gestampften rötlichen Sandboden. Ab und zu sollte ich in den Keller runtersteigen und – zum Beispiel – Grumbeere holen. Wovor ich ein bisschen Angst hatte. Da kam vom Opa immer diese kleine Geschichte: „*Bin ich in mein Keller gang, wollt Grumbeere hole. Hockt do es Buckelschwänzje un molt. Saa ich: ‚Buckelschwänzje, du kannscht mole! Loss mich doch mei Grumbeere hole!*‘“ Die Vorstellung, dass im Keller so ein kleines buckeliges Wesen vergnügt mit seinem Farbkasten in einer Ecke hockt und Bilder malt, die hat die Angst gemildert. Als ich mich Jahrzehnte später mal mit der Historie der Grumbeere in der Pfalz beschäftigt hab, fand ich im Landesarchiv in Speyer dieselbe Geschichte – nur da eher zum Fürchten: Das Buckelschwänzje malt nicht, sondern es mault, es schimpft. Kleiner böser Kellergeist. Aus derselben landeskundlichen Quelle noch ein ebenso geheimnisvoller Spruch: „*Grumbeere moi Lewe/ Sterwe moin Tod.*“ Faszinierend, oder? Kein Wunder, dass ich bis heute eine Grumbeerliebhaberin bin.

Wir vier Enkel hatten im Hof und im Wald am Hörnchen unseren eigenen Abenteuerspielplatz. Und wenn's heiß war, kühlten wir uns entweder im Kindsbacher Weiher ab. Oder gleich in der Zinkwanne im Hof.

Mein Cousin Peter und ich

Die besten Bratkartoffeln aber, die gabs bei der Oma in Schwanheim, der Heimat meines Stiefvaters, besser: meines Papas. Die Kerners waren einfache Leute, Vater und Töchter arbeiteten in der Schuhfabrik, es gab Ackerland, es gab Kühe und Hühner.

Oma Mathilde, eine zurückhaltende, leise Frau, hatte immer viel zu tun. Sie war nicht die Genießerin, als die ich meine Kindsbacher Oma erlebt hab. Aber sie briet die allerbesten Bratkartoffeln der Welt. Mit krossen Krüstchen und doch ganz wenig Fett. Ein Mysterium, das daraus bestand, den Deckel vom *Eisehäbsche* (Eisentopf) mal aufzulegen, mal abzunehmen. Ein Rezept dafür gibts nicht. Das geht nur mit jahrzehntelanger Praxis. Zu diesen Bratkartoffeln aß man Sauermilch. Ich liebte dieses Essen. Auch die Dampfknepp – nach meiner Erinnerung garte die Oma ihre oval geformten Dampfnudeln in Milch statt dem sonstigen Salzwasser-Öl-Gemisch – waren köstlich. Als Kartoffelklöße gabs vor allem die *Hoorische*, die ihren Namen zu recht tragen: Sie sind nicht so glatt wie die Schneebällchen, denn die roh geriebenen Kartoffeln stehen ein bisschen ab – wie Haare = *Hoor*.

Man ist eher ein bisschen asketisch in Schwanheim. Das Dorf liegt schön, in einem Wiesental hinter Annweiler. Aber auch ein bisschen abseits, und: Man war/ist dort eher konservativ. Und eine meiner ersten Erinnerungen ist eine unschöne: Kinder riefen mir nach *„De Judas mit'em Geldsäckel.“* Mein alttestamentarischer Name – Judith – war ihnen wohl verdächtig. Doch ich fand Freundinnen, ging mit ihnen in die Mai-Andacht, fühlte mich nach und nach heimisch. Und genoss das urwüchsige Landleben.

Kindsbach wie Schwanheim waren für uns Kinder und später dann auch für mein Kind Orte des Abenteuers, wo's vieles gab, was sonst aus dem Kinderleben verschwunden ist. Wir durften bei Acker- und Feldarbeiten dabei sein und auch helfen, zum Beispiel bei der Heuernte. Immer ein Abenteuer: eine Spazierfahrt mit Onkel und Kuh.

Das Großelternhaus in Kindsbach gehört heute fremden Leu-

Die Schwanheimer Oma mit meiner 1956 geborenen kleinen Schwester Birgit

Am Hoftor in Schwanheim: die Oma, Birgit, Onkel Hermann samt Kuh

ten. In Schwanheim lebt als letzte Mohikanerin von Papas Familie nur noch meine Tante Gunda und hütet die Apfelbäume. Sie ist ihr Leben lang unverheiratet geblieben. Sie hat als Stepperin in der benachbarten Schuhfabrik gearbeitet, war eng verbunden vor allem mit ihrer Schwester und dem älteren Bruder – beide auch unverheiratet. Der Tod von Hermann und von Monika setzten einen für sie schlimmen Schlusspunkt. Aber sie verzagt nicht, auch wenn gelegentlich eine Wildschweinhorde in den Garten einbricht.

Gunda ist, während ich dies schreibe, 88 Jahre alt. Löst die mittelschweren Sudokus mit Leichtigkeit. Liest die Rheinpfalz und Pilger und hat, wenn man sie fragt, sehr eigenständige politische Ansichten. Wenn man sie nicht fragt, auch. Nur das Holzhacken im Hof hat sie vor einem Jahr aufgegeben. Ich bin gerne bei ihr.

Gundas Rezept für *Hoorische*:

Für 4 hungrige Personen als Hauptgericht:
1 kg roh geriebene, gut ausgepresste Kartoffeln
500 g gekochte geriebene Kartoffeln
125 g Weckmehl (nach Bedarf)
3 EL Mehl
3 Eier
Salz

Alle Zutaten gut vermengen, Klöße formen, im siedenden Salzwasser ca. 15 Minuten garen. Schmecken zu Braten, oder – wie's in Schwanheim üblich war – übergossen mit Sauerrahm und geschmolzenen Zwiebeln, dazu aß man Apfelbrei. Übrigens: Gunda erinnert sich, dass man auch ohne Eier und Weckmehl auskam.

Aber unter uns: Gunda mag inzwischen auch Pizza sehr gern. Nur zu Sushi hab ich sie nicht überreden können. Noch nicht.

Meine Tante Gunda hackt Holz

Die Fischhandlung Chevalier in Neustadt 1955 nach der Moderinsierung

4 Der zweitbeste Heringsalat oder: Warum ich den Fischhändler Schwalje so vermisse

Weißer Marmor, schwarzer polierter Granit, darauf Massen von Eis und silberglänzende Fische: Es war ein Fest, daheim in Neustadt mit meiner Mama zum „Schwalje“ zu gehen!

Der Fischhändler mit dem schönen Namen Chevalier befand sich in der Altstadt. Und Mama und ich gingen dort regelmäßig Fisch kaufen. Wir waren arm. Aber wir waren auch Genießerinnen. Und so überlegte Mama mit dem Fischhändler zusammen, was wir wohl kaufen könnten. Oft waren‘s einfach nur Bücklinge. Und da kam ich ins Spiel: Bücklinge mit Milchner? Oder Bücklinge mit Rogen? Das eine ist eine milchige Creme, die ich geliebt habe, und die nur beim männlichen Tier vorkommt. Doch das andere, der Rogen, ist auch nicht zu verachten. Kleine, kaviarähnliche Perlchen, und von denen sehr viele: die Eier des weiblichen Hering.

Heute alles verschwunden: Was an den Heringen, die zu Bücklingen verarbeitet werden, mal geschlechtsspezifisch war, wird einfach rausgeschnitten. Das ist auch bei den Salzheringen so, die Mama und ich gern kauften, um daraus den besten Heringssalat zuzubereiten. Heut gibts nur noch den zweitbesten Heringsalat. Denn der Milchner, der der Salatsauce das sanfte, aber doch fischige Aroma gibt, fehlt.

Der zweitbeste Heringsalat

Für 4 Personen:
4 Salz- oder Matjesheringe
2 Zwiebeln
2 Gewürzgurken
2 Karotten
1 Apfel
200 ml Sauerrahm
etwas Zitronensaft oder Weißweinessig
Pfeffer, Salz, Lorbeerblatt

Die Salzheringe sehr gut wässern, mindestens einen Tag lang. Dabei das Wasser immer mal wieder auswechseln. Dann die Heringe von Haut und Gräten befreien, in kleine Stücke schneiden (bei fertigen Matjes entfällt diese Vorbereitungsprozedur, aber der Salzhering schmeckt mir persönlich besser.) Die Zwiebeln in Ringe schneiden, eventuell kurz blanchieren (dann sind sie besser verträglich), Gewürzgurken in Würfel schneiden, Karotten fünf Minuten lang blanchieren, in dünne Scheiben schneiden, den geschälten Apfel klein schneiden. Den Sauerrahm mit etwas Zitrone und/oder Weißweinessig, Pfeffer, Salz würzen, das Lorbeerblatt dazugeben. Alle Zutaten mit der Soße vermischen und alles gut durchziehen lassen. Dazu passen Pellkartoffeln oder Weißbrot. Für mich ein prima Silvesteressen.

Was ich fast noch mehr liebte, war gekochter Fisch mit Senfsoße. Es ging mir dabei nicht um den Genuss, sondern um ein besonderes Spiel: Mama kaufte einen besonderen Fisch mit einem knorpelig-knöchernen Rückgrat. Dieses Rückgrat bestand aus je einem becherförmigen Abschnitt samt einem geraden Stück Gräte, das an diesem Becherchen dranhing. Weder Wikipedia noch die Nordsee-Frau meines Vertrauens konnten mir sagen, was für ein Fisch das war. Jedenfalls zeigte mir Mama, wie ich aus diesen knöchernen Becherchen samt dem, was dran hing, ein prima Puppen-Kaffeeservice basteln konnte. Erst aß ich, dann bastelte ich unverdrossen: Kaffeetässchen, Henkel dran, Kaffeetässchen, Henkel dran ... So bringt man Kindern das Fischessen nahe!

Bei meinem Söhnchen ist mir das nicht gelungen, die Fischverweigerung war eine totale, vielleicht lag's aber auch an der mangelnden Fantasie seiner Mama. Jan kam 1968 in Neustadt auf die Welt. Da war schon die Umwälzung der Innenstadt in die Wege geleitet: Einige der uralten Gässchen sollten erhalten bleiben, andere aber verschwanden. Das hatte System: Neustadt gehörte deutschlandweit zu den Vorreitern der Innenstadterneuerung. Samt Fußgängerzonen und neuen Baukomplexen, die dort entstehen sollten, wo alte, nicht gut erhaltene Bausubstanz im Weg war.

Dann kam der Bagger und planierte. Flächensanierung nannte man das. Damals weit verbreitet und kaum hinterfragt. Als der Bagger fertig war, entstand auf so einem flächensanierten Gelände zum Beispiel der Klemmhof. Damals ein Vorzeigeprojekt. Noch ahnte keiner, dass dieser Klemmhof samt Tiefgarage ein halbes Menschenalter später ein Sorgenkind von Sanierern und Bautechnikern werden würde. Dem Klemmhof musste – neben anderem – auch der *Schwalje* weichen. Bis 1973 führte Jakob Chevalier, Fisch- und Delikatessenhändler der dritten Generation, mit seiner Frau das Geschäft. Im April 1974 dann der Abriss. Wenn mir Leute heut vorschwärmen, wie schön die Neustädter Altstadt doch sei, werde ich ein bisschen traurig.

Es gab im Stadtteil Winzingen ein anderes Geschäft, das ich geliebt habe: ein Milchgeschäft. Wie furchtbar schade, dass auch diese Läden aus unserem Leben so ganz und gar verschwunden sind. Mal abgesehen davon, dass es einfach großartig ist, eine frisch gefüllte Milchkanne im Kreis herumzuschlenkern, ohne dass ein Tropfen herausfällt. Ich hab damals auch den säuerlich-pikanten Geschmack von richtigem Joghurt kennengelernt. Und ich verzweifle vor heutigen Supermarkt-Regalen, wo auf fast allen Fertig-Joghurts steht: mild. Aber ein milder Joghurt, liebe Zeitgenoss*innen, ist kein Joghurt.

Doch wie immer bei den Erinnerungen an meine Mama, ist die Geschichte mit dem Milchhändler auch keine, die nur mit Milch und Joghurt zu tun hat: Er war Kommunist, war den Nazis entkommen. Und meine sozialdemokratische Mama hat mit ihm ausdauernd und fair (beiderseits) über Politik diskutiert. Ich wurde hochgehoben auf die Theke und war mittendrin in den Debatten und im köstlich-säuerlichen Duft.

Und da gab‘s noch den Spruch, den ich liebte. Der durch sein Schicksal in der Nazi-Zeit kinderlos gebliebene und nun als Milchhändler in Winzingen Gestrandete mochte mich wohl. Er sagte diesen Spruch jedes Mal, wenn wir bei ihm waren, und tippte dabei auf mein Kinn, meinen Mund, meine Nase, meine Augenbrauen. Und am Ende zupfte er an einer Haarsträhne. Der Spruch ging so: „Kinnewippchen – rote Lippchen – Nuppelnäschen – Augenbräunchen – zipp-zipp am Härchen“.

Mama übernahm das Kinnewippchen in unser Gut-Nacht-Ritual, das immer mit dem Gut-Nacht-Spruch aus dem Radio endete: „Schlaf gesund und kugelrund – bis morgen früh zur Kaffeestund – Gut‘s Nächtle!“

Seltsam. Wenn ich ans Kinnewippchen denk, überleg ich heute: Durfte der Milchhändler das damals? Ist das nicht übergriffig, so eine Intimität zwischen Erwachsenem und Kind? Wobei mein Herz sagt: Ich bin vollkommen sicher, dass das schön und in Ordnung war. Damals stand nichts von diesen zwiespältigen Überlegungen im Raum. Aber es hat leider Gründe, dass wir heute nicht mehr so unbefangen sind.

Mama verstand sich nicht als Frau, deren Bestimmung Kinder, Küche, Kirche waren. Aber sie war eine liebevolle Mama, eine souveräne Köchin und auf ihre freigeistige Art auch gläubig.

Und gesellig: Wenn im Wohnblock in der Breslauerstraße ein Anlass zum Feiern war, dann feierten oft alle bei uns. Wie stolz war ich auf Mama, wenn die Hausgemeinschaft von ihren Leberknödeln schwärmte. Und wie bei der Oma hab ich auch bei ihr den gleichen Fehler wiederholt: Ich hab sie nie nach ihren Rezepten gefragt. So selbstverständlich war's für mich, dass sie mein Leben lang kochen würde. Nun: Auch dieses Lieblingsgericht hab ich rekonstruiert.

Leberknödel

Für 6 Personen:
4 trockene Brötchen
250 g Kalbsleber
250 g Rinderleber
250 g Schweinenacken oder Schweinebauch
2 Eier
2 Zwiebeln
1 EL Petersilie, gehackt
1 EL Majoran, getrocknet
Salz, Pfeffer

Die Brötchen in Scheiben schneiden und mit heißem Wasser übergießen, ziehen lassen. Kalbsleber, Rinderleber und Schweinenacken vom Metzger zweimal mahlen lassen (oder selbst durch die feinste Scheibe des Fleischwolfs treiben). Die eingeweichten Brötchen gut ausdrücken und zusammen mit den Eiern, dem Majoran, Salz und Pfeffer zum Fleischteig geben. Alles sehr gut miteinander vermengen. Mit zwei Löffeln einen Probenocken abstechen und in heißer Fleischbrühe (gerne aus Würfeln) gar ziehen lassen. Falls er zu weich ist, etwas Mehl oder Mondamin zum Teig geben. Und eventuell nachwürzen. Dann alle Klöße oder Nocken in der Fleischbrühe sieden und, wenn sie fertig sind, mit in Butter geschmolzenen Zwiebelringen servieren. Dazu gehören Sauerkraut und Kartoffelpüree.

Diese Leberknödel sind ein bisschen gewöhnungsbedürftig,

Mama

weil ziemlich weich. Ganz anders als die festen vom Metzger. Aber ich mag sie so. Wenn Sie eine Bezugsquelle für Wild haben, können Sie diese Klöße statt mit Kalbs- und Rinderleber auch mit Rehleber zubereiten – Mama hat das einmal getan: unvergesslich gut.

Und fast hätt ich es vergessen: Das Gericht ist für mich identitätsstiftend. Denn es sind Pfälzer Leberknödel. Von Kindheit an ist mir wichtig, dass wir Pfälzer unsere eigene Küche, unsere eigenen Spezialitäten haben. Und wenn ich anderswo bin, dann bin ich sehr erpicht drauf, das Essen der anderen zu probieren. Und bin sehr enttäuscht, wenn ich irgendwo lande, wo's nix Spezielles zu essen gibt.

Als P.S. noch ein sehr mäßiger Witz zum Thema Leberknödel. Es ist der Einzige, den ich mir merken kann. Und der geht so: Gast sagt zum Wirt: „*Ich hätt gern e Stück Brot zu moine Lewwerknepp.*"

Wirt: „*Des Stück Brot ist in de Lewwerknepp schun drin.*"

Gast: „*Dann hätt ich gern noch e Extrastick Brot zu de Lewwerknepp.*"

Wirt: „*Des Extrastick Brot ist in de Lewwerknepp aa schun drin.*"

5: Mit acht abhängig von der Flasche oder: Wie aus der kleinen Judith eine große Schwester wurde

Ich war acht, als Mama und Papa ein Baby bekamen: mein Schwesterchen Birgit. Jetzt war ich die Große, musste meine Mama teilen. Noch dazu erwies sich die kleine Birgit als ein Sonnenschein: blonde Locken, strahlend blaue Äuglein.

Da konnte das dunkle Judith-Mädchen nicht mithalten. Alle liebten sie – ich ja auch. Aber ich war eifersüchtig. Nicht zuletzt, weil die Fläschchen, die Birgit bekam, so wunderbar dufteten.

Und was tat meine/unsere großartige Mama? Sie kochte mir aus Schmelzflocken und Milch dasselbe Gemisch, das Birgit ab etwa einem dreiviertel Jahr bekam. Und füllte es in ein eigenes Fläschchen. Das Fläschchen für mich allein – das hat mich mit meiner neuen Rolle versöhnt. Haferschleim – klingt ja ein bisschen eklig. Ist aber zuckrig, sämig, warm – das kann man auch als Erwachsene noch löffeln, wenn man ein bisschen Stärke und Schutz und sowas wie eine mütterliche Umarmung braucht.

Ich bin jedenfalls den Haferflocken treu geblieben – und ein bisschen auch dem Hersteller, den ich seit meiner Kindheit kenn. Hab die Einteilung dieses Markenartikelproduzenten quasi mit der Muttermilch eingesogen – Schmelzflocken, Blütenzarte und Kernige, so kannte ich das. Inzwischen finde ich meine Lieblingshaferflocken, die Kernigen, auch als Großblatt im Reformhaus-Regal. Und bereite mir eine Portion Porridge so zu:

Porridge

30 g Vollblatt-Haferflocken (das sind 3 EL)
100 ml Wasser
1 Prise Salz
1 EL Rosinen und/oder andere Trockenfrüchte
1-2 EL gehackte oder gehobelte Nüsse
3-5 EL Milch
frisches Obst

Birgit mit Hula-Reifen

Die Haferflocken weiche ich ein, am besten über Nacht, koche sie dann gut 5 Minuten, lasse die Masse auf der abgeschalteten Herdplatte noch stehen und gebe Rosinen oder andere Trockenfrüchte und die gehackten Nüsse dazu. Frische Früchte kommen erst kurz vor dem Essen zum Brei. Ich bevorzuge einen halben geriebenen Apfel pro Portion.

Und wenn ich den Porridge sanfter mag, verwende ich Kleinblatt-Flocken – da entfällt das Einweichen.

Zurück zum Leben mit dem Schwesterchen.

Unser Leben entwickelte sich in verschiedene Richtungen: Für mich waren Gymnasium, Theater, Freund*innen mit intellektuellen Interessen wichtig. Birgits Gymnasiumslaufbahn endete rasch, sie war ein praktisches Mädchen, machte eine Ausbildung, hatte einen ganz anderen Freundeskreis als ich.

Birgit und ich

Dann, als ich Mama war und sie Tante, kamen wir uns näher. Sind sogar Mitte der 1970er Jahre zusammen in Urlaub gefahren. Sie eine kräftige, große Frau, brünett, mit immer noch strahlend schönen blauen Augen, ich die junge Mama und schon ein bisschen gestresste Journalistin, die sich auf diese Auszeit mit Schwester und Kind freute. Es ging mit dem Auto nach Istrien. Unser Hotelzimmer in Porec entpuppte sich als Souterrain-Kammer ohne Licht. Wir setzten uns erstmal alle aufs Bett und weinten. Dann trockneten wir die Tränen, unternahmen viel, erlebten doch noch unbeschwerte Wochen in Istrien, kamen uns als Schwestern näher als in den Jahren zuvor. Darüber bin ich sehr froh. Gerade angesichts dessen, was einige Jahre später geschah.

Es kam der Neujahrsmorgen 1987. Ich hatte mit meinem zweiten Mann Roland und mit Jan die Nacht bei meinen Eltern in Neustadt verbracht. Am frühen Morgen dann der Telefonanruf. Meine Mama schrie auf. Meine große kleine Schwester Birgit war in der Neujahrsnacht bei einem Verkehrsunfall gestorben, auf dem Rückweg von einer Silvesterfete. Sie war Beifahrerin im Auto von Freunden, unterwegs auf der A 6 Richtung Grünstadt. Das Auto war auf einer Eismulde ins Rutschen gekommen, hatte sich überschlagen. Birgits Freund und ein weiteres Paar im Auto – sie alle hatten sich irgendwo-irgendwie festgehalten. Birgit aber schlief, ganz die vertrauensselige Person, die sie war. Sie war auf der Stelle tot.

Mama versuchte, uns alle zu trösten und war doch selbst untröstlich. Papa hat wenig über den Verlust seines einzigen eigenen Kindes gesprochen. Aber sie war und blieb für ihn allgegenwärtig. Ein bisschen wie das Zauberle aus ihrer Kindheit. Das Zauberle war ein erfundener kleiner Freund, unsichtbar, aber da. Ein paar Mal ist es sogar passiert, dass wir bei einem Ausflug zurückfahren mussten: Birgit hatte ihr Zauberle vergessen. Wir mussten nach Hause, es holen.

Sie hat ihr Leben verpasst. Wäre heute vielleicht Leiterin einer Reha-Klinik, Physio- und Ergotherapie waren ihre Fachgebiete. Patient*innen erzählten mir, wie gut sie diese Arbeit gemacht

Meine Schwester mit Mitte 20

hat. Wenn ich an meine große kleine Schwester denk, wünsch ich mir dringend, dass es ein Jenseits und ein Wiedersehen dort gibt.

6 „Es ist der Ost und Julia die Sonne" oder: Als Romeo mich zur ersten Pizza meines Lebens einlud

Die Volksschule lag hinter mir. Es hatte sich erwiesen: Das Kind ist klug. Also nix wie rein ins Gymnasium! Als Erste in der Familie sollte ich die Weihen der höheren Schulbildung erhalten. Ich wurde angemeldet im Staatlichen Altsprachlichen Gymnasium, ein Ehrfurcht gebietender klassizistischer Sandsteinbau mitten in Neustadt. War da nicht auch ein Zeus-Gipskopf im Treppenhaus? Ich glaube ja. Es gab in der Sexta Latein als erste und in der Quinta Altgriechisch als zweite Fremdsprache. Französisch dann als geliebtes Nebenfach. And english? Not at all. Ich fing mein Leben als Gymnasiastin beherzt an.

Die anderen: Kinder aus gutem bis sehr gutem Haus, aus Rechtsanwalts-, Richter-, Arzt-, Notar-, Unternehmerfamilien. Meine Eltern waren Polizist und Hausfrau mit Teilzeitjob. Die anderen Kinder trugen gekaufte Klamotten, ich Selbstgemachtes, auf Mamas Nähmaschine Umgeändertes. Was vorher vollkommen in Ordnung war, fühlte sich nun seltsam an: Ich hatte es bis dahin nicht gewusst, aber offenbar waren wir arm. Egal. Ich lernte fleißig, ohne eine Streberin zu sein. Meine Mama, die mir zuvor immer als leuchtendes Beispiel von umfassender Klugheit und Kompetenz erschienen war, kannte sich mit Sinuskurven und unregelmäßigen griechischen Verben nicht aus. Bei den Hausaufgaben war ich auf mich allein gestellt und fühlte mich auch so: allein.

Halt! Ungerecht. Auch wenn Mama mir bei den Hausarbeiten nicht helfen konnte: Immer dann, wenn ich richtig schwer am Grübeln war, brachte sie mir eine frisch gekochte Tasse Kakao, oder, als ich größer war, auch Kaffee, oder an heißen Tagen ein Glas Wasser mit ihrem selbst gemachtem Pfefferminzsirup, bevor sie in die nächste Stadtrats- oder Ausschusssitzung düste. Und in mein zergrübeltes Hirn schlug nach dieser Erfrischung der Geistesblitz ein, der weiter half und mir vielleicht eine gute Note oder ein Lob vom Lehrer einbringen würde.

14jährige Judith bei Hausaufgaben

Einer – Studienrat Höbel – meinte, ich hätte eine literarische Begabung. Ihm gefiel, wie ich in einem Aufsatz das Licht der an einer Art Seil aufgehängten Straßenlampe über die Häuser gleiten ließ. Wie ich's in echt gesehen hatte, in der Breslauer Straße. Ich beobachtete genau und suchte nach den richtigen Worten, um das Gesehene lebendig werden zu lassen. Sprache machte mir Spaß. Die Familiensaga weiß, dass ich schon als Kleinkind auf der Speichertreppe saß und aus der Zeitung alle Buchstaben, die ich kannte, raussuchte. Alle A's, alle B's, und so weiter.

Also: Das mit der Literatur ging schon mal in Ordnung. Ich schrieb kleine Artikel für die Schülerzeitung. Ein bisschen Abenteuerlust kam hinzu, und als ich in der Stadtbücherei alle vorhandenen Karl-May-Romane gelesen hatte, wandte ich mich neuen Zielen zu. Da wiederum half mir Mama. Und verwies mich an Friedrich Schiller. „Der Mensch ist frei geschaffen, ist frei/Und würd er in Ketten geboren" – das hatte sich ihr eingeprägt. Und siehe da: Schiller kam auch im Schulunterricht vor. Vor allem seine Theaterstücke. Das Tollste: Wir durften aus diesen Stücken in Reclamheftchen laut lesen. Mit verteilten Rollen. Ich liebte das. Und hatte eine Ahnung, was ich im Leben machen wollte: Schauspielerin sein.

Und wer spielte Theater? In Neustadt damals die Neustadter Schauspielgruppe. „Pünktchen und Anton" hatte ich gesehen. Und im Sommer hatte es Freilichttheater im Park der Villa Böhm gegeben. Ich überwand meine Schüchternheit und machte mich auf den Weg zu Ursula und Hans Sommer. Die waren legendär in Neustadt: als Gründer der Neustädter Schauspielgruppe und „richtige" Schauspieler. Ich sprach vor. Nahm am Schauspielunterricht bei Sommers zu Hause teil. Sprechunterricht aus dem „Kleinen Hey", einem Buch zur Sprecherziehung: „Oben thront der Nonnen Kloster. Voll von Trost, voll hoher Wonne" – ich kann's heut noch auswendig. Und seltsame Übungen: den Namen „Herbert" in verschiedenen Stimmungen aussprechen/ausrufen. Vom beiläufig-suchenden „Herbert" über den leicht verängstigten „Herbert" bis zum panisch-entsetzten „Herbert" – Herbert, den ich gesucht hatte, lag tot da, klar. All das versuchte ich, so gut es ging. Und bekam – mit 15 – die Rolle der Julia in Shakespeares „Romeo und Julia.“

Im Sommer, bei der Premiere, würde ich 16 sein. Das genau richtige Julia-Alter. Ursula Sommer war die Regisseurin. Und ich wusste theoretisch genau, was Julia empfand. Vom Anfang, dem Verlieben, über die heimliche Hochzeit, die Es-war-die-Nachtigall-Nacht bis zum bitteren Ende, dem Selbstmord durch den Dolch. Und den schon etwas seltsamen Zeilen: „Oh willkommener Dolch – dies werde deine Scheide. Roste da – und lass mich sterben.“

Vom Feeling her alles klar. Aber wie rüberbringen? Da fehlte es an Power. (Tschuldigung: als Nicht-Anglistin hab ich ne unglückliche Liebe zum Englischen im alltäglichen Sprachgebrauch). Kurzum: Die letzten Wochen vor der Premiere zwang mich der barocke Theatermensch Hans Sommer in die Emotionalität der Rolle, lehrte mich Liebe schwören und wichtiger: vor Empörung, Enttäuschung über die Amme, die mich im Stich lässt, und über mein Schicksal schreien! SCHREIEN!!!

Und was hat das Ganze mit Kochrezepten zu tun? Damals war 1964/1965. Ein ganz neues Aroma zog durch Neustadts Straßen. Es hatte mit Tomate zu tun, aber nicht mit der orangefarbenen Tomatensoße, in der bei uns zu Hause hart gekochte Eier schwammen. Sondern mit wirklich rot-brodelnden Tomaten. Und mit seltsamen Gewürzen. Und mit Käse, der schmolz, aber kein Schmelzkäse war.

Ich rede von Oregano, ich rede von Mozzarella, ich rede von Spaghetti Napoli, von Pizza, vom Siegeszug der italienischen Küche in Deutschland. Meine Mitschüler*innen aus den besseren Häusern kannten das alles, von ihren Ferien in Ligurien und an der Adria. Mir war es völlig neu. Und da kam Wolfgang Siebert, ein schon etwas älterer Herr Anfang 20, Medizinstudent und ausersehen, den Romeo in dieser Inszenierung zu spielen.

Klar war ich ihn verliebt. Er, der perfekte Gentleman, lud mich in allen Ehren ins „Sole d‘Oro“ ein, Neustadts erste Pizzeria. Und machte mich vertraut mit all den neuen, aufregenden Aromen. Ich denke daran mit Freude und Dankbarkeit.

Julia auf dem Balkon

Romeo und ich

Ich liebe Pizza nach wie vor, ich koche sehr gern Lasagne, die wiederum mein Sohn liebt, ich hab ein italienisches Kochbuch, das fast auseinanderfällt. Und ich besitze – Geschenk von Sohn und Schwiegertochter zu meinem 69. Geburtstag – endlich auch das legendäre und schon erwähnte Werk von Marcella Hazan: „Die klassische italienische Küche." Es liegt derzeit auf meinem Nachttisch. Und sollte ich des Nachts überfallen werden, wäre es mir ein Leichtes, mit diesem backsteinschweren Buch einen Einbrecher zu erschlagen. Also: italienische Küche prima. Allerdings: wenn Pasta, dann lieber Gnocchi (also Grumbeere).

Und weil mein großes Enkelkind bei seinen Besuchen bei mir bestimmt, was es zu essen gibt, heißt es öfter mal: bitte Pizza! Das Rezept ist eine Leihgabe von Jonas, Neffe meiner liebsten Schauspieler-Freundin Gabriele Blum (ihre schöne Stimme verleiht vielen Hörbüchern Leben und Glanz). Bei Jonas und seiner Familie in Saarbrücken habe ich Alfredo kennengelernt, das ist ein kleiner transportabler Pizzaofen, den ich inzwischen auch besitze und lieb gewonnen habe.

Pizza à la Jonas:

Für den Teig für 4 Personen:
4 g Hefe
250 ml Wasser
300 g Mehl
200 g Grieß
10 g Salz
3 EL Olivenöl

Hefe in warmem Wasser auflösen, mit allen Teigzutaten vermengen, tüchtig kneten, abgedeckt bei Zimmertemperatur 2 Stunden gehen lassen. Teig in 4 bis 5 Portionen – tennisballgroß – teilen, mit Mehl jede Portion auf einer gut bemehlten Arbeitsplatte ausrollen und nach Wahl belegen. Tomatensoße und Mozzarella muss, alles weitere – Salami, Schinken, Zwiebeln, Thunfisch, Champignons, Paprika oder anderes Gemüse – kann. Im auf

250° vorgeheizten Backofen ca. 8–10 Minuten backen. Oder – wenn man einen Alfredo hat: Die Pizza auf die Steinplatte im 250° heißen Pizzaofen bugsieren und eine nach der anderen backen – bei Jonas und seiner Familie sitzen dann alle um Alfredo herum und freuen sich auf das nächste Pizzastück: essen wie früher am Lagerfeuer.

Was folgte nach „Romeo und Julia“? 45 Jahre aktive Tätigkeit in der Schauspielgruppe mit vielen schönen Rollen. Die mir erlaubt haben, neben meinem nicht unspannenden Leben noch viele andere Leben auf der Bühne auszuprobieren. Was einige Theatertode einschließt, die ich starb. Ist gar nicht so einfach. Zum Beispiel, als Julia zunächst nur ihren Tod vortäuscht (wir erinnern uns: Sie trank ein Fläschchen, das ihr Bruder Lorenzo gibt, um die drohende Eheschließung mit Graf Paris zu verhindern). Die Amme und die Eltern finden Julia (schein-) tot auf ihrem Bett, wie‘s Lorenzo ihr versprochen hat, als „ein Ebenbild des dürren Todes“ ... „kein Atem, keine Wärme zeugt von Leben“.

Julia – ich – liegt also stocksteif da. Und am Totenlager spielt sich eine lange Szene mit trauernden Eltern und Musikern ab. Wohlgemerkt: Wir reden von Freilichttheater. Und Freilichttheaterabende hierzulande sind gelegentlich äußerst frisch. Irgendwann konnte ich das Zittern und sogar das Zähneklappern nicht mehr unterdrücken und hoffte nur, dass es nicht von der Bühne bis zur ersten Reihe dränge.

Ich durfte noch einige Shakespeare-Superfrauen spielen: die Hermia im „Sommernachtstraum“, die Olivia in „Was ihr wollt“, die Beatrice in „Viel Lärm um nichts“, die Katharina in „Der Widerspenstigen Zähmung.“ Meine liebsten Rollen aber waren andere: die lebenskluge Dienerin Dorine in Molières „Tartuffe“, die langnasige und warmherzige Gouvernante in Büchners „Leonce und Lena.“ Und ich hab vor der Zeit auch das Altsein üben dürfen: In Ödön von Horvaths Stück „Hin und Her“ spielte ich die Ehefrau eines Privatpädagogen, und sah so aus wie auf dem Foto rechts.

Judith – vorzeitig gealtert – mit „ZiVi "Christoph Keppler

Unvergesslich eine Anweisung, die Regisseur und Schauspielerkollege Markus Hahn mir gab: „Bitte nicht ganz so inkontinent, Judith." Das war damals kurz nach einer missglückten Beziehung zu einem jüngeren Mann eine Radikalkur. Gefühlte Botschaft: Diese verhuschte, fast unsichtbare Frau – das ist deine Zukunft, gewöhn dich dran!

Ich habe auch Regie geführt – dreimal im Ganzen. Für mich am wichtigsten war im Jahr 2001 Shakespeares „Wie es euch gefällt."

Zwei Mädchen – Freundinnen – machen sich auf in einen märchenhaften Ardenner Wald und erleben spannende Dinge. Meine Freundin Christine Bachtler spielte die Hauptrolle, die Rosalinde, und sagt den schön-abgeklärten Satz (zu ihrem Orlando, der vorgibt, aus Liebe zu ihr sterben zu wollen): „Obwohl diese Welt schon Millionen Jahre alt geworden ist, und viele Männer gestorben und von Würmern zerfressen worden sind, hat es allen Romanen zum Trotz noch keinen Mann gegeben, der aus Liebe gestorben wäre."

Ich hab mich damals in einen der Musiker verliebt, Bassgitarrist. Kein Happy End. Ich hätt es wissen müssen: Bassgitarristen sind problematisch.

Das Theater bleibt Teil meines Lebens . Ich hab auch neue Erfahrungen gemacht – „Angels in America" im Theaterkeller in Germersheim mit meinem sehr geschätzten Freund aus SWF-3-Zeiten Kristian Thees als Regisseur war so eine, die mich extrem gefordert hat, die ich aber nicht missen möchte. Nicht nur, weil das so ein Mammut-Bühnenprogramm ist, sondern auch weil ich eines tun musste, was ich wirklich nicht kann: englisch sprechen. Uff!

Ein Solo-Bühnenprogramm über's Altwerden – Titel „Du kommst auch dran" – haben mein lieber Kumpel Friedolin Baudy und ich möglicherweise zu früh geschrieben und aufgeführt: damals waren wir Mitte 50, das ist ein paar Jährchen her, wir waren in Sachen Altern blutige Anfänger, haben mit einigen Zynismen über das Altsein jede Menge Lacher erzielt. Mein Lieb-

Im Theaterkeller der Villa Böhm

Friedolin und ich

lingszitat aus dem Programm: „Ich bin erst 69 und sehe schon so gut aus!" „Schon" fand ich schöner und witziger als das sonst im Alterungs-Kontext häufige Partikel „noch." Doch inzwischen ist Friedel und mir, den beiden Früh-Siebzigern, klar: Altwerden ist wie Fußball: nicht nur eine Sache von Leben und Tod, sondern weitaus ernster. Zurück von der Bühne zum wirklichen Leben!

7: Mein erster Rinderbraten oder: Warum ich mit 21 schon geschieden war

Es war passiert. Im Frühjahr 1967, während des SPD- Parteitags – in Bremen, glaub ich. Oder war's Kiel? Jedenfalls war meine Mama als Delegierte hingefahren. Samt meinem Papa. Was bedeutete: Die relativ frisch verliebte 17jährige Judith samt ihrem zwei Jahre älteren Freund Gerd hatten freie Bahn. An Fasnacht hatte ich ihn kennengelernt: Im Saalbau sah ich einen jungen Mann mit sehr markanten Gesichtszügen und sehr schmalen Hüften tanzen. Und wie toll er tanzte! Beides – die Hüften und das Tanzen – fielen auf, weil er eine irre gut geschnittene rote Hose trug. Oben sehr eng, ab den Knien sehr weit, wie's damals Mode war. Ich beäugte ihn. Und er mich. Wir tanzten. Und kamen ins Gespräch. Er erzählte von den Dingen, die ihm wichtig waren: Sein Beruf – er war Glasergeselle (und wie ich später erfuhr, als Lehrling bester seines Jahrgangs in Rheinland-Pfalz). Mindestens ebenso wichtig für ihn: sein Auto. Er fuhr einen VW Karmann Ghia, flach, windschnittig, silbergrau. Über Beruf und Auto sprach er mit Leidenschaft. Ich erzählte, was mir wichtig war. Vorwiegend vom Theaterspielen. Und wie mühsam es sei, Leute für den Bühnenbau zu finden. Da könne er helfen, sagte er, er werde sich das mal anschauen.

Was er tat. Ich war hin und weg. Meine wenigen Freunde vor ihm waren Gymnasiasten gewesen. Gescheite, oft etwas zynische Söhne aus wohlsituierten Familien, viel weiter weg vom Alltagsleben als Gerd, der mit 14 schon hart arbeiten gelernt hatte. Mir war noch an diesem Abend klar: Ich mochte ihn. Sehr. Fand's irre, wenn er mich mit Holzstaub-bedecktem Haar im Karmann von der Schule abholte. Liebte es, mit ihm in die Whiskothek – seltsamer Name für Neustadts erste Disco – tanzen zu gehen. Schätzte auch seine Familie, der Vater Glaser, die Mutter eine Frau mit reichlich Glamour, Freude an Schmuck und auffälliger Kleidung. Dazu zwei Schwestern, jede auf ihre Art schön und smart.

Es ging anders zu als in meinem Elternhaus. Beispiel: Wenn

die Familie Appetit auf Pizza hatte, fuhr der Freund einer der Töchter nach Mannheim Pizza holen. Nur da sei die Pizza wirklich gut. Soviel Extravaganz kannte ich von zu Hause nicht. Ich war empfänglich dafür. Ellen – die glamouröse Hausherrin – scharte gern junge Leute um sich, es wurde viel gelacht, es gab auch mal Cocktails auf der Terrasse mitten in der Altstadt. Ein bisschen sehr an der Oberfläche, das alles, aber angenehm unbeschwert.

Meine Eltern akzeptierten meinen neuen Freund. Aber so viele Freiheiten, wie sie bei Gerds Familie üblich waren, hatte ich nicht. Im Sommer schließlich, als meine Eltern weg waren, kam es, wie es kommen musste. Ich war ein anständiges Mädchen. Und viel zu schüchtern, um mich offensiv um Verhütungsmethoden zu kümmern. Und Gerd? Verließ sich eventuell auf mich.

War ich schwanger? Die nächsten Wochen, die großen Ferien, würden es zeigen. Nur: Die verbrachte ich erstmals im Ausland, als Au-pair-Mädchen in einer wohlhabenden Familie in der Bretagne (dazu mehr in Kapitel 13, s. S. 117ff). Die Gast-Eltern spendierten mir am Ende der Ferien noch ein paar Tage in Paris, dort traf ich Gerd, und wir beide waren nun doch ziemlich sicher: Es war passiert.

Zuhause gab‘s dann Gewissheit. Ich war geschockt, dann zuversichtlich: Es war 1967, vieles war im Wandel, warum sollte ich nicht in der Abi-Klasse mein Baby bekommen? Ich wusste von mindestens einem Mädchen in Bad Dürkheim, das trotz Schwangerschaft Abitur machen durfte. Ich vertraute mich meinem Klassenlehrer an.

Und dann ging alles sehr schnell im altehrwürdigen Gymnasium: „Eine schwangere Schülerin gefährdet die sittliche Ordnung.“ So der damalige Schulleiter, den ich bis dahin für einen etwas versponnenen, aber harmlosen älteren Herren gehalten hatte. Er konnte also auch anders. Ich durfte gerade noch ins Klassenzimmer, meine Schulmappe holen und draußen war ich!!! Damit platzte – vorerst – auch der Wunsch meiner Mama, dass ich als Erste in der Familie Abitur machen würde. Egal. Es war halt, wie‘s war.

Hochzeit 1967 im Herz-Jesu-Kloster

Mama sagte mir: „Wir stehen zu dir. Und du musst auch nicht heiraten."

Ich hörte heraus: Meine Eltern wollten nicht, dass ich Gerd heirate. Also tat ich's. *Gradzelääd*, wie man in der Pfalz sagt.

Gerd und ich heirateten und lernten uns dann näher kennen. Eine Reihenfolge, die ich nicht empfehlen kann. Schon kurz nach der Hochzeit im Herz-Jesu-Kloster eine erste Missstimmung: Meine Klasse hatte uns Bert Brechts Gesammelte Werke geschenkt. Ich freute mich. Gerd schien mir leicht gereizt. Wohin mit dem ganzen Bücherberg?

Im Alltag der jungen Ehe weitere Spannungen. Zumal sich herausstellte: Ich verstand was vom Essen, aber nix vom Kochen. Zum Glück gab's ja Nudeln mit Tomatensoße – die beherrschte ich, die kochte ich in zig Variationen. Denn schließlich stand um 12.30 Uhr der Gatte auf der Matte, mit Holzmehl im Haar und Hunger im Bauch, und wollte was essen. Die Nudel-Diät ertrug er lange.

Doch eines Tages fragte er: „*Konnscht net emol was anneres mache, en Rinderbrate zum Beispiel?*" Nichts leichter als das, dachte ich, schließlich war meine Mama gelernte Metzgerei-Fachverkäuferin. Also kaufte ich ein besonders schönes Stück Rindfleisch, briet es von allen Seiten braun an. Und servierte es. Als sich das Teil schon nicht recht schneiden ließ, geschweige denn kauen, wurde mir klar: Anbraten alleine genügt nicht. Was für ein Steak eine akzeptable Zubereitungsmethode gewesen wäre: Für den Rinderbug taugte sie nicht. Von der schweren Mittagessen-Krise, die sich darauf einstellte, hat sich unsere Ehe nicht mehr so recht erholt. Deshalb war ich mit 21 geschieden.

1969 übrigens – noch während unserer Ehe – durfte ich wieder in „mein" Gymnasium und habe dann das Abitur bestanden. Und seither viel fürs Leben gelernt. Etwa die Kunst, einen feinen Rinderbraten zuzubereiten. Das Rezept für diesen hier überließ mir die Frankreich-Freundin und sehr gute Köchin Gabriele Hartmann aus Mainz, die in meinem späteren Leben als Fernsehfrau Kochgast in „Himmel un Erd" war.

Bœuf à la Mode

Für 6 Personen:
2 kg Rinderschulter
0,75 l kräftiger französischer Rotwein
4 Scheiben Dörrfleisch
750 g kleine Zwiebeln
6 cl Cognac
1 gespaltener Kalbsfuß
1 Bouquet garni (Kräutersträußchen mit Thymian, Petersilie, Lorbeerblättern, wer mag, auch Rosmarin und Salbei)
Salz, Pfeffer, Petersilie
750 g Karotten, zu „Fässchen" geschnitzt: erst in kleine Stücke – ca. 3 cm lang – geschnitten, dann an den Enden die geraden Kanten abflachen, sodass die Karottenstückchen wie kleine Weinfässchen aussehen

Das Fleisch zwei Tage in Rotwein marinieren. Dann abtupfen, von allen Seiten im ausgelassenen Dörrfleisch anbraten und aus dem Topf nehmen. Nun die Zwiebeln im Topf anschwitzen und wieder heraus nehmen. Das Fleisch wieder in den Topf legen, mit Cognac flambieren, den Kalbsfuß dazugeben, den Marinadewein angießen, das Bouquet garnie hinzufügen, mit Salz und Pfeffer würzen, Deckel drauf. Das Ganze zwei Stunden bei 150° im Backofen schmoren. Dann die Zwiebeln und die Karotten-Fässchen dazugeben, eine weitere Stunde köcheln lassen. Danach das Fleisch aus dem Topf nehmen, warm halten, die Soße reduzieren (= etwas einkochen lassen). Das Fleisch in Scheiben schneiden, Karotten und Zwiebeln drumherum anrichten, mit Soße nappieren (= mit Soße überziehen), mit gehackter Petersilie bestreuen. Restliche Soße getrennt servieren.

Dazu isst man Baguette, am besten das etwas rustikalere Baguette de Campagne mit Weizen- und Roggenmehl.

Was übrig bleibt vom großen Bratenstück, schmeckt auch aufgewärmt vorzüglich.

Anmerkung: An unserer Scheidung 1971 war nicht nur die Rinderbratenkrise schuld. Sondern auch die Tatsache, dass die junge Ehefrau sich drei Jahre nach der Hochzeit fremdverliebte ... Keine Ruhmestat, ich weiß. Vorausgegangen war allerdings die Erkenntnis, dass das mit Gerd und mir immer mühsamer wurde. Er neigte zum Jähzorn, und der brach – nach meinem Eindruck – vor allem dann aus, wenn ich mir ein Buch griff, um zu lernen. Es knirschte zwischen uns. Irgendwann erlebte ich die Ehe als Gefängnis. Und brach aus.

Mein Ex-Mann Gerd, der sich als junger Ehemann so vergeblich einen guten Braten gewünscht hatte, ist heut ein sehr guter Freund. Er lebt mit seiner Frau Rita in Bayern, nicht weit vom Ammersee, und vor einiger Zeit im Sommer haben wir drei beim „Saxenhammer" im schönen Dörfchen Hechenwang wunderbaren Schweinsbraten gegessen.

Meine Teenager-Ehe ordne ich in meinem Leben inzwischen nicht mehr als Misserfolg ein, sondern als wichtige Erfahrung. Dass Gerd und ich nach der Scheidung trotz etlicher Widrigkeiten gemeinsam gute Eltern und schließlich sogar Freunde wurden, das haben wir beide richtig gemacht!

Mein Lieblingsbild von unserer Hochzeit 1967 ist dieses hier: Die Kindsbacher Schneebällchen-Oma sieht zufrieden aus. Man sagt mir, ich würde ihr immer ähnlicher sehen ...

8: Muttermilch, frisch gepumpt, oder: Die Klassen-Medizin und ein Riss in der Schöpfung.

Jan war auf der Welt. Und was bekam er zu trinken? Es gibt von meinem kleinen Söhnchen und mir ein Foto, das mich traurig macht: Ich, die Teenager-Mama, hab ihn im Arm und geb ihm die Flasche. In der Muttermilch drin war, denn ich hatte reichlich davon. Wieso dann das Fläschchen? Jetzt erzähl ich meine persönliche Entbindung-im-Krankenhaus-Story.

Um es gleich zu sagen: Es war eine leichte Geburt. Doch sie wurde mir unnötig schwer gemacht. An diesem Abend – es war der 21. Februar 1968 – war jede Menge los im Kreißsaal des Neustadter Krankenhauses. Ich kam um etwa 22 Uhr – das dauere noch ewig, erfuhr mein Mann, er wurde heimgeschickt. Väter bei der Entbindung – das war damals noch nicht üblich. Und für mich war's okay so. Ich stellte mich dem, was da auf mich zukommen sollte. Die erste schwere Prüfung hatte ich schon hinter mir: Bei Mama hatte es zum Abendessen frisches Wellfleisch gegeben. Das liebe ich über alles. Aber weil's schon etwas rumorte im Innenleben, verzichtete ich auf's Essen. Tapfere kleine Erstgebärende!

Im Kreißsaal waren alle regulären Entbindungsplätze belegt. Ich lag auf 'ner Trage, war mir selbst überlassen, kam gut klar. Instinktiv schnaufte ich ins Zwerchfell. Und weil das mit ein bisschen Keuchen besser ging, keuchte ich dabei. So lange, bis die hyperblonde Jung-Schwester mich anherrschte: „Stellen Sie sich nicht so an! Es haben auch schon andere Frauen Kinder zur Welt gebracht!"

Ah ja, Benimmregeln im Kreißsaal. Ich atmete so tief und so höflich ich konnte und wusste auf einmal: Jetzt passiert's. Das signalisierte ich den an mir vorbeihetzenden Ladies – bekam wieder eine barsche Antwort –, bis eine Ärztin zufällig hersah und schrie: „Du liebe Güte! Der Kopf ist da!"

Tja! Dann hielt ich am 22. Februar so etwa um 1 Uhr mein süßes Päckchen Bub im Arm, gerade so lang, dass ich das kleine Fell, das er noch auf den Schultern hatte, streicheln und mich für den Rest meines Lebens in ihn verlieben konnte.

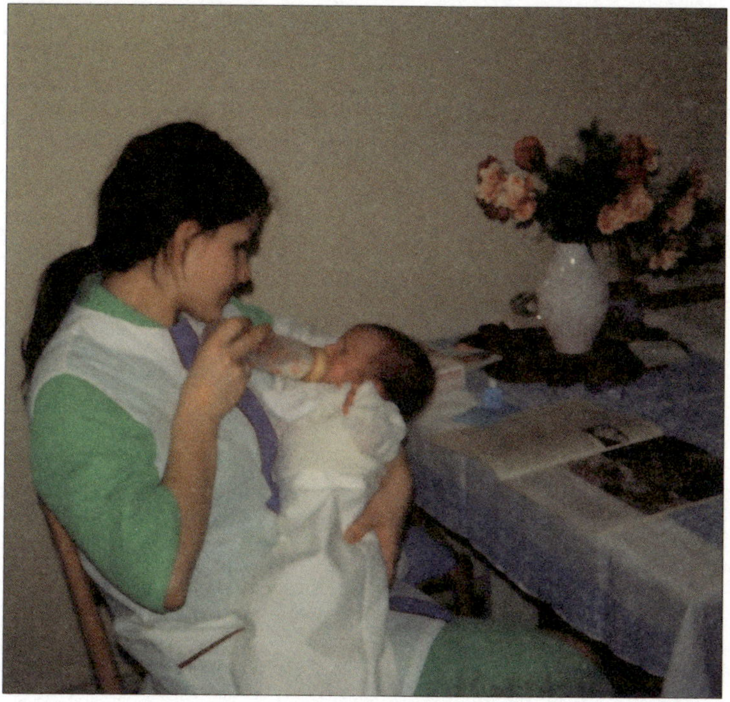

Milch per Fläschchen: Das hätte nicht sein müssen

Das war die Vorgeschichte. Jetzt kommt die Sache mit der Muttermilch. Ich hatte Milch in den Brüsten, sie taten weh davon. Aber das Kind trank nicht. Kein Wunder: Im Wöchnerinnensaal für die gesetzlich Versicherten wurde den Müttern ihr Baby nur morgens und abends gebracht. Dazwischen gab das Personal auf der Säuglingsstation den Kleinen die Flasche. Rooming-in war noch nicht erfunden, zumindest nicht für Kassen-Patientinnen. Ein Kind, das so genährt wird, tut sich schwer an der Brust, erklärte mir später eine Hebamme.

Jan jedenfalls hatte keine Lust für diese Anstrengung. Und Zeit war knapp. Eine sehr nette Schwester erklärte mir die Sache mit dem Abpumpen – und so gab's für Jan dann eben Milch auf dem zweiten Versorgungsweg. Im Nachbarbett lag eine Frau mit wildem schwarzem Haar – es wurde gemunkelt, sie habe schon ein halbes Dutzend Kinder und jedes von nem anderen Vater. Sie stillte – sie hatte sich das erstritten –, sie sah mich mit wissenden, dunklen Augen an, in denen stand: „Frag mich! Lass dir helfen!" Ich aber war zu wohlerzogen und angepasst dafür.

Ein paar Tage später war Taufe. Eine katholische Taufe, wie's auch zuvor eine katholische Hochzeit gegeben hatte. Mein Mann Gerd, der Protestant, hatte beides akzeptiert.

Darüber war ich froh, meine katholische Mama auch. In der St. Josef Kirche in Winzingen gab's nur ein kleines bisschen Weinen vom Täufling. Danach sollte gefeiert werden. In der kleinen Wohnung der jungen Eltern. Die Teenager-Mama hatte im Vorfeld einigen Stress: Wie den Gästen, vor allem der Schwiegermutter, wie sollte ich ihr und allen beweisen, dass ich ein Fest auszurichten verstand?

Klar: Niemand erwartete Wunderdinge von mir. Aber eine selbst gemachte Torte war das mindeste. Ich sichtete Brigitte-Rezepte. Und stellte fest: Eine richtige Torte war dreistöckig. Das klang kompliziert. Einen Biskuitboden per Faden in drei gleich hohe Teile – ehm: teilen? Und zwischen die dann Cremefüllung streichen? Und drumherum und drüber die Creme verteilen und dekorieren? Nein. Konnt ich mir beim besten Willen nicht vorstellen.

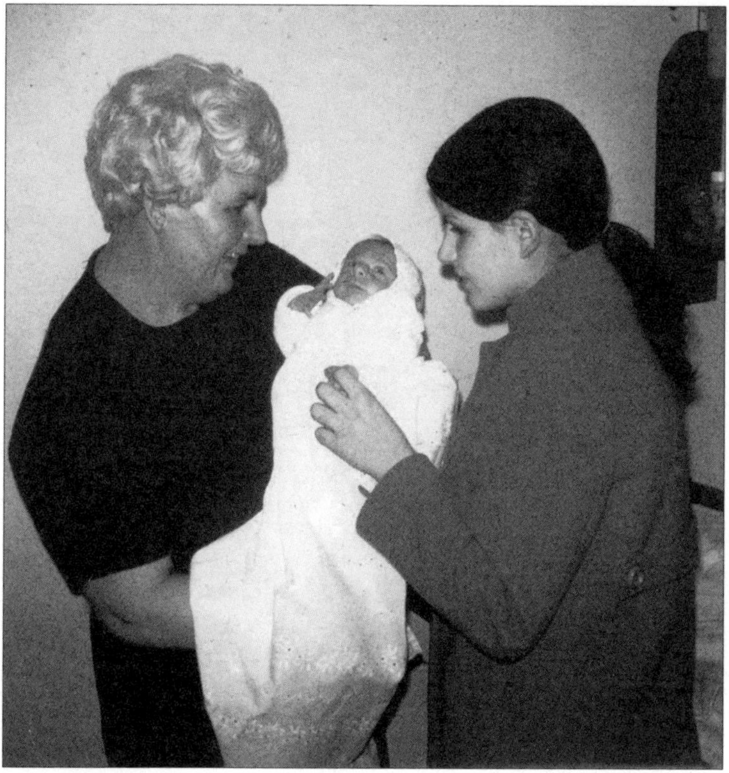

Meine Mama und ich mit dem Täufling

Meine spätere Schwiegermutter Ellen mit Sohn bei einer Party

Und gelangte vom Regen in die Traufe: Eine Biskuitroulade sollte es sein. Erst den Teig rühren, dann backen, dann einrollen, dann wieder ausrollen, dann Füllung rein, dann wieder einrollen. Fertig. Am Ende war ein Riss in meiner Schöpfung: Die Biskuitroulade klaffte oben auseinander. Auch viel Puderzucker verdeckte das nicht.

Ich hab danach lange gezögert, wieder eine Biskuitroulade zu backen. Als mein Sohn 50 wurde, habe ich mich wieder getraut. Wir haben im ganz kleinen Kreis gefeiert, und meine Biskuitroulade war ganz und gar unkompliziert und: ganz gut gelungen.

Schoko-Biskuitroulade

4 große Eier
1 Eigelb
130 g feiner Zucker
1 EL neutrales Öl
120 g Mehl
20 g Kakaopulver, ungesüßt

2 Becher Schlagsahne
2 Tafeln Zartbitterschokolade
ein Tütchen Sahnesteif
eventuell Amaretto, Rum o.ä.
eventuell Kirsch-Marmelade

Für den Biskuitteig Eier, Eigelb und Zucker mit dem Elektrorührgerät so lange aufschlagen, bis sich das Volumen verdoppelt hat, etwa 4 bis 5 Minuten. Wer sich mehr Mühe machen will, trennt Eigelbe vom Eiweiß und gibt die geschlagenen Eiweiße unter den Biskuitteig. Macht aber nach meiner Erfahrung keinen großen Unterschied. Das Öl unterrühren. Mehl und Kakao mischen, draufsieben und locker unterziehen. Den Teig sofort auf das mit Backpapier belegte Blech streichen. Auf der mittleren Schiene im auf 190° vorgeheizten Backofen 10–12 Minuten backen.

Das Blech herausnehmen, den Biskuit auf ein sauberes, mit Zucker bestreutes Küchentuch stürzen und das Backpapier vorsichtig abziehen. Die Teigplatte mit dem Tuch einrollen und im Tuch erkalten lassen.
Für die Füllung die Schoko-Sahne zubereiten. Dafür erhitze ich (am besten am Vortag) die Schlagsahne und die Schokolade zusammen, dabei gründlich rühren. Ich lasse die Mischung abkühlen und stelle sie kalt. Diese Schoko-Masse kann man wundersamerweise wie Schlagsahne steif schlagen. Und besseren Stand bekommt die Creme, indem ich ein Tütchen Sahnesteif beim Schlagen dazugebe. – Wer sich mehr Mühe machen will: Meine Mousse-au-chocolat – Rezept s. S. 136 – eignet sich auch bestens als Füllung.

Den Biskuit wieder entrollen. Nun kann man den Boden mit etwas Alkoholischem beträufeln, wenn man das mag. Was auch fein schmeckt: eine ganz dünne Schicht Marmelade – zum Beispiel Kirschmarmelade – draufstreichen. Dann die Schoko-Sahne gleichmäßig auf dem Biskuit verteilen, ihn dann samt Füllung einrollen. Kühl stellen. Feinmotorisch Begabte überziehen die Roulade vor dem Servieren noch mit einer Glasur oder mit übrig gebliebener Creme. Ich bestreu sie einfach mit Puderzucker und spritze ein paar Schokosahne- oder Schlagsahne-Röschen aus dem Spritzbeutel drauf. Fertig.

Meine Uralt-Angst vor diesem Gebäck hab ich verloren. Oder vielleicht auch meinen übersteigerten Ehrgeiz, mich als Backkünstlerin zu erweisen. Meine Kuchen sind prima, aber die Patisserie wird nie meine Stärke sein.

Jan hat Taufe und frühe Kindheit bestens überstanden. Und hat auch ohne zu klagen die Wunderwerke der Häkelkunst getragen, die Mama fertigte: Das Häkelwestchen hier war blau mit gelben Blümchen drauf – ist doch ganz gut gelungen, oder? Es gab auch noch eine braun-orange-gemusterte Winterjacke im Judo-Stil, klar, die 1970er Jahre fingen an. Und ehrlich: Ich mag mich im selbstgehäkelten Minirock von damals.

Jan und ich in der Mode der frühen 1970er

9: Willy wählen oder: Allerlei über Eintopfgerichte

In meiner Küche hängt ein Pin-up-Poster. Bei Dreharbeiten im Willy-Brand-Forum in Unkel bekam ich das Foto rechts geschenkt und hüte es seither wie einen Schatz. Weibliche Gäste, die auf dem Weg durch die Küche in meine Wohnung gelangen, geraten leicht aus dem Häuschen, wenn sie ihn sehen: So ein attraktiver Mann! Okay, es ist schon ein bisschen eine peinliche Pose, die der Fotograf ihm da eingeredet hat. Aber die Aussage ist klar: Willy Brandt ist ein Politiker mit Sex-Appeal, einer, der die Frauen liebte und umgekehrt. So schaut er mir nun Tag für Tag beim Kochen zu. Kein Wunder, dass ich Single bin und bleibe: Wer kann da mithalten?

Aber jetzt mal im Ernst: Dieser Willy Brandt war es, der auf neue Art die Hoffnungen der Sozialdemokratie verkörperte. Ich wuchs auf mit den Gesichtern und den Geschichten der bedeutenden Sozialdemokraten.

Etwa Kurt Schumacher, im Ersten Weltkrieg schwer verwundet, in der Nazi-Zeit im Widerstand, ein charismatischer Mann, der mithalf, die Bundesrepublik zu schaffen. Meine Mutter bewunderte ihn und erzählte mir, dass er ab und zu in Bad Dürkheim zum Ausspannen war und sie ihn da auch getroffen habe, mitsamt seiner Mitarbeiterin, der späteren SPD-Ikone Annemarie Renger. War ich dabei? Dann höchstens als ganz kleines Mädchen. Mama nahm mich öfter mal auf Parteiveranstaltungen mit, ich erinnere mich an den ehrenwerten Parteichef Erich Ollenhauer, auch an den klugen und nachdenklichen Fritz Erler. Und Willy? Er wurde, war, blieb Idol der SPD. Bewundert, auch beneidet.

„*Ich kinnt's, wenn ich's kännt*" – dieser doppelt gestrickte und so nur in der Pfalz erhältliche Konjunktiv, der den Irrealis mit der Möglichkeitsform verbindet, ist in meiner Erinnerung für immer mit Willy Brandt verknüpft. Er war ein prägnanter Redner – kein Zweifel. Doch andererseits hat auch er rhetorisch nur mit Wasser gekocht. Seine Kunst, durch Dehnungen und Pausen ganz normale Aussagen mit Bedeutung aufzuladen, war be-

Das Pin-up-Poster in meiner Küche

wunderns-, ja beneidenswert. Ein Genosse von Mama (wenn ich mich recht erinnere, war's Hugo Gutting aus Lingenfeld) sah so eine Brandt-Rede im Fernsehen und sagte draufhin selbstvergessen eben obiges „*Ich kinnt's, wonn ich's kännt!*“ Tja, schön wär‘s, wenn man‘s könnt.

Willy Brandt: Im Wahlkampf 1972 hab ich für ihn vor Supermärkten Werbung gemacht, immer in der Hoffnung, dass es niemand sieht, denn immerhin war ich schon Volontärin, also auf dem Weg, Journalistin zu werden, und eigentlich der Überparteilichkeit verpflichtet. Zum Glück hat mich damals noch niemand erkannt.

Da stand ich nun mit dem kleinen Jan an meiner Seite und hab (ein bisschen) Überzeugungsarbeit geleistet und (reichlich) Luftballons mit „Willy wählen" drauf verteilt. Den orangefarbenen Button „Willy wählen" von damals find' ich nicht mehr, aber den hab ich lang in Ehren gehalten. Als Willy nach dieser – laut ZEIT – „Mutter aller Wahlschlachten" Kanzler war, fühlte ich mich ein bisschen mitverantwortlich dafür und war gerne bereit, mehr Demokratie zu wagen. Ich hab ihn nie persönlich erlebt, aber meine Mama! Obwohl sie selbst sich eher als pragmatische Sozialdemokratin sah, war sie hin und weg von dieser Persönlichkeit: ein Politiker mit einer Vision.

Ich hab Willy Brandt also unterstützt, aber ich hab manches auch missbilligt. Zum Beispiel seine geradezu luxuriöse und Töpfe verzehrende Art, Eintöpfe zuzubereiten. Im Gespräch mit einer Zeitschrift – ich glaube, es war der STERN – beschrieb er sein Lieblingsessen: Irish Stew. Und seine Botschaft war: Man müsse die Zutaten dafür – Zwiebeln, Lamm, Kartoffeln, Kohl – alle getrennt voneinander garen. Und erst zum Schluss zusammenschmurgeln. Anfangs folgte ich ihm, bereitete Eintöpfe so zu, als wären's keine. Und die Erhaltung der geschmacklichen Trennschärfe mag ja manchem Gericht gut tun. Kann man politisch so interpretieren: Die gemeinsame Sache, die am Ende steht, quasi der Eintopf – die ist wichtig. Doch auf dem Weg dahin sollten alle Beteiligten so lange wie möglich ihre eigene Identität bewahren! Da ist was dran, ganz sicher. Aber je älter ich werde, umso eher neige ich dazu, alles in einen Topf zu werfen – je nach Garzeiten schön hintereinander. Und mein liebstes Eintopfgericht – bei dem gehört das Miteinandergaren zum Prinzip: Es kommt aus dem Elsass, war aber laut älteren Pfälzer Kochbüchern auch bei uns verbreitet, es heißt Bäckeofe und trug seinen Namen zu Recht: Die mit Deckel und Brotteig fest verschlossene ovale Keramikform brachten die Frauen früher am Waschtag, wenn keine Zeit zum Kochen war, zum Bäcker. Und im Ofen des Bäckers bildeten sich aus den verschiedenen Sorten Fleisch, aus Zwiebeln, Kartoffeln und Wein die Gerüche und Aromen, die dieses Gericht so einzigartig machen. Bäckeofe hab ich an meinem 35. Geburtstag zubereitet, ein auch aus SPD-Sicht bedeutsames Lebensalter: Mit 35 kann man alles mögliche sein, man ist nur kein Jungsozialist/keine Jungsozialistin mehr. Hier ist mein original Elsässer Bäckeofe-Rezept:

Bäckeofe

Für 6 Personen:
500 g Schweinekamm
500 g Hammelschulter
500 g ausgebeinte Rinderbrust
250 g Zwiebeln
2 Knoblauchzehen
50 cl herber Weißwein
1 Kräuterbund (Petersilie, Thymian, Lorbeer)
Schwarze Pfefferkörner, Salz
1 kg Kartoffeln

Das Fleisch in gleichmäßige Stücke oder Streifen schneiden und 24 Stunden mit Wein, einigen Zwiebeln, Knoblauch, Kräuterbündel und Pfefferkörnern marinieren lassen.

Den Boden eines irdenen Topfes (Anmerkung: diese ovale Bäckeofe-Form mit Deckel bekommt man heut noch überall im Elsass, z.B. im Töpferdorf Soufflenheim. Geeignet ist auch eine Eisen- oder Edelstahlform, deren Deckel gut schließt). Den Boden dieses Topfes also mit in Scheiben geschnittenen Kartoffeln auslegen, das marinierte Fleisch und die in Scheiben geschnittenen Zwiebeln darauf geben, darauf erneut eine Schicht Kartoffel- und Zwiebelscheiben (man kann auch mehrlagig arbeiten). Den Weißwein angießen. Deckel drauf – zwei bis zweieinhalb Stunden backen – im Ofen des Bäckers, sagt mein Elsässer Kochbuch. Es klappt aber auch prima im heimischen Backofen, bei etwa 180° und gern auch drei bis vier Stunden lang. Grüner Salat passt dazu.

Meine politischen Ambitionen übrigens habe ich mit Ablauf meiner Juso-Zeit beendet. Es wurde mir klar, dass ich nie soviel Engagement wie meine Mama aufbringen könnte. Einmal noch kam ich in Versuchung: Eine hochrangige Sozialdemokratin lud mich zum Essen ein, ich brachte mein Söhnchen mit in die Rotisserie „Weißes Roß“ in Speyer. Freute mich einfach auf ein gutes Essen. Erschrak dann ein bisschen: ein ganzer Tisch von Genossen erwartete mich. Die Frage – noch vor dem ersten Gang – war: Ob ich Interesse hätte, in die Politik einzusteigen, eventuell als Nachfolgerin der Gastgeberin. Ich überlegte, sagte dann Nein, versuchte, das zu erklären. Doch die Stimmung wurde sofort eisig und blieb auch so, während das Essen serviert wurde. Mein Sohn fing an zu weinen, wir gingen.

10: Die Karriere oder: „Mama, mach Fernsehe, da wirst du viel besser berühmt"

Söhnchen Jan ist schuld. Als er auf die Welt kam, war klar: Seine Existenz setzte Prioritäten für meine Berufswahl. Also: Ich würde nicht anstreben, eine professionelle Schauspielerin zu werden. Zu unsicher die Aussichten, zu unstet das erwartbare Profileben mit Engagements (hoffentlich), aber auch häufigen Ortswechseln (sicher). Und die Grundfrage war auch noch nicht beantwortet: Würde das Talent für den Beruf reichen? Wobei: Mit 16 hatte ich eine Eignungsprüfung bei der Deutschen Bühnengenossenschaft abgelegt und bestanden. Immerhin. Aber eine Garantie für eine Zukunft am Theater war das nicht. Konsequenz: weiter schauspielern, das ja! Aber als Amateurin. So war der Plan, den hab ich auch verwirklicht.

Doch welcher Beruf sollte es nun sein? Lehrerin – was sonst! Also meldete ich mich bei der Erziehungswissenschaftlichen Hochschule Landau an. Und hatte künftig regelmäßig Albträume von Schulkindern, die mir als Feinde gegenüberstanden, und von nassen Schwämmen, die mir um die Ohren flogen. Woher diese Panik? Keine Ahnung. Ich kann eigentlich gut mit Kindern, hatte ein paar Jährchen später auch eine Kindergruppe zur Kommunionvorbereitung um mich, das lief prima. Aber die Panik bei der Vorstellung, dass das Unterrichten meine Zukunft sein sollte, war einfach da.

Dabei hatte ich im Grunde meine Berufsentscheidung schon getroffen: Um Geld zu verdienen, schrieb ich nebenbei als freie Mitarbeiterin für das PFÄLZER TAGEBLATT. Das Zeilenhonorar war nicht so toll, aber das Recherchieren, Interviewen, Berichten machte Spaß. Und am selben Tag, als ich mein Studium an der Landauer Uni absagte, kam der Lokalchef vom TAGEBLATT auf mich zu und bot mir ein Volontariat bei der Zeitung an. Zeitungsredakteurin! Na klar!! Das wollt ich werden. Und wurde es auch. Söhnchen Jan war da schon zwei Jahre alt, ich meldete ihn bei einer Krabbelgruppe im Kindergarten an. Die Kindergärtnerin war übrigens dieselbe, die ich als Kind schon gehabt hatte. Und es gab die beiden Großmütter, bei denen Jan, wenn nötig, gut aufgehoben wäre. Als ich dann drei Jahre später meine erste Redaktionsstelle mit eigener Verantwortung übernahm – als Landkreisredakteurin der Speyerer Tagespost – da war's geradezu ideal: Der Kindergarten lag um die Ecke, Jan konnte zu Fuß in die Redaktion kommen.

Er war so ein bisschen unser kleines Redaktionsmaskottchen. Er hatte seine Zeichnen-Ecke bei mir am Schreibtisch oder ging zum knurrigen alten Kollegen Collmann, den Jan mit seinem Charme um den Finger wickelte.

Der neue Mann in meinem Leben, der Journalist Roland Kauffmann, erwies sich als vorzüglicher Stiefpapa. Das half. Meine Landkreis-Bürgermeister mochten mich und hatten sich auch dran gewöhnt, dass ich Jan öfter mal zu kindertauglichen Terminen wie einer Feuerwehrübung mitbrachte. Das lief.

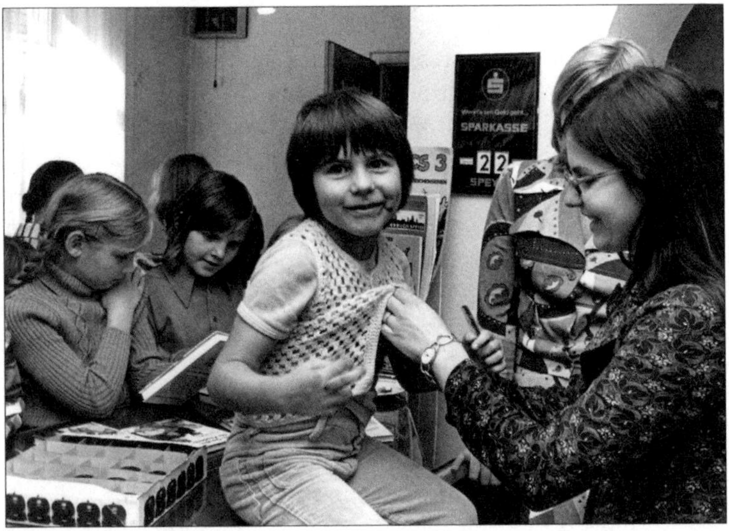

Jan in der Redaktion

Jan und Roland

Bis Jan in die Schule kam. Da lief erstmal nix mehr. Mein eigentlich so pfiffiges Kind tat sich schwer. „Ele – mele – bele“, wie oft haben wir geübt, diese Buchstaben zu lesen. Es ging nicht. Und das Übungsdiktat „Was ist mit der Ente los? Sie kann nicht mehr schnattern“ las sich so: „Was ist mit der End los? Sie kann nicht mehr schandren.“ Mein Kind ein Legastheniker? Ich beriet mich mit meinem Mann und entschied, den festen Zeitungsjob aufzugeben, um mich ganz um Jan kümmern zu können.

Wenige Monate später war die befürchtete Legasthenie Vergangenheit, Jan kam gut klar in der Schule, ich arbeitete frei für Tagespost und Mannheimer Morgen. Und bekam ein Jobangebot als Reporterin für den Südwestfunk in Ludwigshafen.

Karl Engelkes, der damalige Studioleiter, sagte mir unverblümt: „Ihre Zeitungsreportagen haben uns immer gut gefallen. Ist doch blöd, wenn wir Ihre Themen abkupfern! Sie können doch gleich für uns berichten!“ Das tat ich dann – und wenig später gab‘s den ersten Karrieresprung: Ich stieg ein ins Reporterteam von SWF 3 – dem jungen Kultradio aus Baden-Baden. Und bald war ich dort Moderatorin. Ich wusste es damals nicht: Aber es wurde die schönste, wenn auch die anstrengendste Zeit meines Berufslebens.

Ich begann im „Südwestbasar“. Der lief von 8 bis 10 Uhr. Mit Verbraucherthemen – aber anders verpackt als gewohnt. Wir strengten uns an, damit das Zuhören nicht zu anstrengend war. Wer SWF 3 hörte, erfuhr Relevantes für sein Alltagsleben, aber auch alles, was an einem Tag wichtig war – journalistisch aufbereitet, ohne Dampfplauderei, ohne Phrasen. Und: Das Ganze sollte noch dazu ein Hörvergnügen sein.

Hörvergnügen. Hinter diesem schönen, wenn auch ein bisschen altmodisch klingenden Wort wie auch hinter dem ganzen Konzept eines modernen Radios stand ein Mann: Peter Stockinger. Ein Chef, wie ich ihn in meinem Berufsleben nie mehr erlebt habe. Durchaus nahbar, jeden Tag präsent, in jeder Redaktionskonferenz, unerbittlich, was Wortgeklingel und Sprachhülsen betraf, aber auch einer, der die Talente erkannte, förderte, sich entwickeln ließ. Und so wurde SWF 3 auch eine riesige Talentschmiede: Elke Heidenreich, Anke Engelke, Christine Westermann, Frank Plasberg, Walter Schumacher, Klaus Kleber – viele, viele gingen durch diese Schule und wenn wir uns heute treffen, ist sofort von Stoc, von Peter Stockinger, die Rede, was für ein Wahnsinnsglück wir mit ihm als Chef hatten. Und wenn er dazu kommt, dann sagen wir ihm das. Und er erklärt uns für verrückt.

Peter Stockinger steht für mich auf ’nem Sockel. Es heißt öfter, wir alle bei SWF 3 hätten ihn gefürchtet. Nun: Wenn Furcht im Spiel war, dann Ehrfurcht. Schönster Stoc-Moment für Judith: Ich hab aus Frankenthal vom Prozess in einem unglaublich brutalen Pfälzer Fall von Entführung und Mord berichtet. Am Urteilstag war ich live mittags in Extra drei zugeschaltet. Ich reportierte: lebenslänglich für den Mann, der den Sohn einer Speyerer Handwerkerfamilie entführt, dann ermordet und danach die Lösegeldforderung gestellt hat. Moderator Stockinger fragt am

Ende: „Zeigte der Angeklagte Bewegung?“ Ich antworte nach kurzem Nachdenken:„Nein.“ Das war‘s. Es kam Musik. Judith verzweifelt: Man kann doch im Radio nicht nur einfach „Nein“ sagen und kein Wort mehr. Kurz darauf Anruf von Stoc: Man kann. Und es war gut.

Aber wie war‘s, Teil von SWF 3 zu sein? Für mich hieß es, morgens um vier Uhr aufstehen, schnell einen Kaffee trinken, Mann und Söhnchen einen kurzen Gruß schreiben und nach Baden-Baden düsen. Dort die Sendung vorbereiten, die Sendung machen, heimfahren, Mittagessen kochen. Das zwar nur eine Woche im Monat, in der restlichen Zeit war ich weiter Reporterin in Ludwigshafen. Aber es ging ans Eingemachte.

Ich hörte für ein Jahr mit der Moderation auf. Schwierig, denn Stoc setzte auf Loyalität. Man verließ SWF 3 nicht einfach so. Tja, und ich vermisste SWF 3 bald. Ein Jahr später durfte ich zurück, in die 10-Uhr-Schiene. „Funkboutique“ hieß die Sendung. Ein bisschen länger schlafen, und Jan brauchte mich nicht jeden Mittag: Rosalinde und Hans-Peter, liebe Freunde, die in unserer Straße wohnten, kümmerten sich ums Kind, wenn die Mama karrieretechnisch unterwegs war. Es dauerte Jahre, bis ich in Baden-Baden mal was anderes als das Funkhaus gesehen hab. Und auf meinen Dienstfahrten kannte ich alle Gemüsegeschäfte, alle Bäckereien und Metzgereien ... Jeden Mittag eine warme Mahlzeit: Diesen Grundsatz hab ich nicht immer einhalten können. Aber wenn nicht mittags, dann gab‘s abends was gutes Selbstgekochtes zu essen. Es war eine unkomplizierte Küche, Reis oder Kartoffeln mit Gemüse und Fleisch, Nudeln mit diversen Soßen. Freihändig gekocht, fast immer ohne Rezept. Es musste schnell gehen, schmecken, aufwärmbar sein.

Ein Rezept aber gibt‘s. Ich überreiche es hier mit einer gewissen Wehmut: Nach 15 Jahren SWF 3 hatte ich ab und zu das Gefühl, den Anforderungen nicht mehr gewachsen zu sein. Wir mussten die Sendung nun selbst fahren, also Beiträge, Musik, Werbung zur jeweils richtigen Zeit starten, ohne Techniker. Es kam vor, dass meine Knie zitterten, wenn ich um 12 Uhr raus aus dem Studio ging. Einige SWF 3-Kollegen – zum Beispiel Walter

Schumacher – orientierten sich um, SWF 1 machte auch mir ein Angebot – kurzum: Ich entschloss mich, zu gehen. Und zum Ausstand kredenzte ich meinen Kolleg*innen einen Wahnsinnssekt von Hansjörg Rebholz aus Siebeldingen und dazu meinen Elsässer Kugelhupf aus dem viel geliebten Elsässer Kochbuch, das mir Dorothee Frosch, eine Zeitungskollegin und Freundin aus der TAGESPOST-Zeit, geschenkt hat. Sie lebt leider nicht mehr.

Kugelhupf

25 g Hefe
200 ml Milch
500 g Mehl
10 g Salz
75 g Zucker
zwei Eier
200 g Butter
80 g Rosinen
50 g ganze geschälte Mandeln
alle Zutaten zimmerwarm

Für den Vorteig in einer Schüssel 25 g Hefe in der Hälfte der lauwarmen Milch auflösen. Der aufgelösten Hefe etwas Mehl zufügen. Diesen Vorteig an einem warmen Ort gehen lassen.

Für den Teig das restliche Mehl, Salz, Zucker, Eier und die restliche Milch in eine große Rührschüssel geben. Alles energisch vermischen und etwa 10 Minuten mit der Hand kräftig schlagen, damit der Teig gut belüftet wird. Dann die weiche Butter hinzufügen. Den Teig weiterbearbeiten, bis er sich von selbst von den Händen löst. Den Vorteig, der mittlerweile sein Volumen verdoppelt hat, nun darunter mengen. Noch einige Minuten schlagen, dann den Teig in der Mittel der Schüssel sauber anhäufen. Mit einem Küchentuch bedecken und wieder an einem warmen Ort gehen lassen. Da ist Geduld gefragt, das kann eine Stunde, auch länger, dauern, hängt von vielem ab: Wärme, Jahreszeit, Frische der Hefe etc.

Wenn dieser Teig gut gestiegen ist, schlägt man ihn zusammen, gibt die Rosinen dazu, die man zuvor in lauwarmen Wasser einige Stunden hat einweichen lassen. Auch die Rosinen gut untermischen.

Nun eine Kugelhupf-Form gut ausbuttern, in die unteren Vertiefungen je eine Mandel legen, den Teig darauf geben und in der Form nochmals gehen lassen. Dann bei mäßiger Hitze (160°) im Backofen backen, etwa 45 Minuten. Falls die Oberfläche zu braun wird, mit gefettetem Backpapier oder Alufolie abdecken. Aus dem Ofen nehmen, etwas abkühlen lassen, stürzen. Beim Servieren mit Puderzucker bestäuben.

Soviel Gedöns um einen schlichten Hefekuchen? Ja. So genau nehmen‘s die Elsässer mit ihrem Kulturgut Kugelhupf. Und der hier enthält nicht mal Zitronat und Orangeat, Wer das mag, kann beides dem Teig zufügen, auch etwas mehr Zucker als in meinem Rezept ist erlaubt.

Bei meinem SWF-3-Ausstand kam er gut an. Mir war trotzdem mulmig zumute.

Ich habe in meinem Berufsleben wenig Entscheidungen in Sachen Karriere gefällt, alles schien von allein zu laufen. Die Entscheidung damals gegen SWF 3 – das wenig später SWR 3 wurde – war womöglich falsch. Denn was Besseres fand ich in meinem Berufsleben nie mehr.

Aber ich fand anderes. Schon länger wollten die Fernsehkollegen in Mainz mich ganz und gar haben. Ich hatte in den Jahren zuvor schon begonnen, in Mainz zu moderieren. War gar die erste Frau in „Flutlicht“, der Sportsendung. Doch man wollte ohne Rücksicht auf Radiotermine über mich verfügen, und ich sollte die „Landesschau“ moderieren, die vorher „Blick ins Land“ hieß und auch mal „Südwestjournal“. Sie war im Vorabend durchaus so was wie die Vorzeigesendung des SWF und prägte den SWR in Mainz. Ich besprach mich mit meiner Familie. Sohn Jan gab mir den Rat: „Mama, mach Fernsehe, da wirst du viel besser berühmt!“ Er behielt recht.

Während Jan immer größer und selbstständiger wurde, war

die Mama immer mehr unterwegs. Für eine Vielzahl von Sendungen. Freizeit, Kultur, Sport, Volksfeste: überall mittendrin Frau Kauffmann, die zu Beginn ihrer Karriere noch Frau Weintz hieß. Ich war – wie man in der Pfalz ein bisschen despektierlich sagt – *„Peterle uff alle Suppe."* Und dann kam ja noch eine Kochsendung dazu. Mit Johann Lafer und mir. Der widme ich ein eigenes, das übernächste Kapitel (s. S. 101ff).

Ein paar Storys aus meinem Berufsleben gefällig – ganz ohne Kochrezepte?

- Karl Engelkes, Studioleiter in Ludwigshafen, war mein – na ja: Entdecker. Sein Bruder Heiko hatte eine richtig große Karriere in der ARD gemacht, war Paris-Korrespondent, Tagesthemen-Mann. Aber Karl entwickelte auch in der Provinz Ehrgeiz: Wo immer mehr als ein Martinshorn erklang, waren wir vor Ort. Ich hab viel Handwerk von ihm gelernt: Bänder schneiden, Aufnahmen aussteuern, Bänder überspielen. Was er mir auch beibrachte: so eine Art eingebaute Stoppuhr bei Liveberichten zu entwickeln. Alles Nötige sagen – aber nie länger als die bestellten 1.30 oder 2 Minuten.

Es war so ein bisschen Wildwest am Rhein, damals im Studio Ludwigshafen. Wir zogen los, improvisierten kurze Livesendungen, egal, ob vom Gasunfall bei Frankenthal oder von der Wurstmarkt-Eröffnung in Bad Dürkheim. Und in jedem Themenangebot, das wir nach Mainz zur Zentrale schickten, ging's um das größte, das jüngste, das älteste, das schönste, das neueste Ding seiner Art.

- Hand in Hand mit Udo. Ich kann gut mit normalen Leuten. Vor Promis hab ich ein bissel Bammel. Udo Lindenberg war bei SWF 3. Es gab eine neue LP von ihm, Titel: „Hermine", so hieß seine Mama. Das Gespräch darüber ein Fall für die warmherzige Kauffmann. Ich geh voll Lampenfieber ins Vorgespräch. Udo merkt's: „Kann das sein, dass du ein bisschen nervös bist?"

Ich: „Ja."

Er: „Würd's helfen, wenn ich deine Hand halt?"

Karl Engelkes – links – und ich bei einer Livesendung

Ich: „Ja.“

Und ich schwöre: Udo Lindenberg hielt meine Hand. Und es hat geholfen. Leider gibt’s kein Beweisfoto.

- Später: Mein kurzes Jahr bei SWF 1. Udo Jürgens ist Studiogast.

Viele Leute von der Plattenfirma wuseln um ihn herum. Nach einem Gesprächs-Take ist er urplötzlich verschwunden. Wohin? Und warum? Hat er meine Fragen nicht mehr ertragen? Würde er nach der Musik zum nächsten Take wieder da sein? Falls nicht: Was mach ich dann? Nun: Er kam schnell zurück. Hatte sich einfach ein Salamibrötchen aus dem Automat gezogen (und niemanden von der Entourage fragen wollen). Kleine Sache, aber das machte mir großen Eindruck. Das Gespräch lief prima weiter.

- Fernsehen. „Flutlicht“. Ich bin eine der ersten Frauen in

Udo Jürgens und ich

Deutschland, die Sport moderierte. Idee des damaligen Sport-Chefs Dieter Klein. Ich knie mich rein, bereite mich gründlich vor. Diesmal geht es um Tischtennis. Die Rede ist von einem schwedischen Spitzenspieler. Ich weiß, dass der Mikael Appelgren heißt. Hab aber gerade über Simone de Beauvoirs Liebesgeschichte mit dem US-Schriftsteller Nelson Algren gelesen – mein Unterbewusstsein macht aus Appelgren Algren. So sag ich's auch. Schlimm. Nicht ganz so schlimm, wie Schalke 05 oder Mainz 04 gewesen wäre, aber dennoch peinlich.

- Noch mal „Flutlicht": Ich sag einen Film an, stehe vor der Kamera. Kameramann Rainer Krieg macht mir immer hektischer Zeichen. Ich kann sie nicht deuten. Frag schließlich – in einer Livesendung! – „Was ist, Herr Krieg?" Er: „Sie stehen nicht im Licht. Bitte ein bisschen nach rechts." Wo er recht hatte, hatte er recht.

- Und noch ein letztes Mal „Flutlicht" und die Folgen. Wir erinnern uns gern an 1997/98. Das unglaubliche Jahr, als der FCK nach Abstieg wieder aufgestiegen und Meister geworden war, mit Otto Rehhagel als Trainer. Zu der Zeit moderierte ich Flutlicht schon nicht mehr, freute mich aber als Fan. Ein Mann sieht mich, läuft mir nach, drückt mir seinen Betzi, den kleinen roten Plüschteufel des FCK, in die Hand und sagt: „Für das beste Rehhagel-Interview aller Zeiten!" Und schon war er weg. Nur: Falls ich mich nicht ganz und gar täusche, hab ich Rehhagel nie interviewt. Bin also unrechtmäßige Besitzerin eines Betzi. Er ist mir lieb, auch wenn er inzwischen schon ein bisschen schäbig aussieht.

- Die Zuschauer, die mich mögen, trauen mir viel zu: Immer wieder hör ich: „Sie haben so schön den Rosenmontagszug kommentiert!" Hab ich nie, weder schön noch überhaupt. Aber danke für die Freundlichkeiten.

- „Blick-ins-Land". Einige Jahre waren wir regelmäßig für eine Woche auf Tour mit unserer Sendung, haben jeden Tag live aus einer anderen Stadt, einem anderen Dorf berichtet. Viel Aufwand, aber auch schön war diese Art Herumzigeunern mit Raum für Spontaneität. Das Foto auf S. 94 mag ich, nicht nur weil ich damals noch Shorts tragen konnte. Wenn ich mich recht entsinne, fuhren wir am Abend nach der Sendung noch zu einer Westerwälder Disco – zu zehnt in einem VW-Käfer ...

- Noch mal „Blick-ins-Land". Wir hatten eine Zeitlang auch sonntags Sendung, immer eine eher gemütliche Sache. Es war Sonntag, der 22. August 1988, früher Nachmittag. Auf dem Weg ins Mainzer Funkhaus hör ich die Meldung im Radio: Katastrophe beim Flugtag in Ramstein. Wir waren keine Nachrichtensendung, aber es war klar: Es konnte an diesem Abend nur dieses Thema geben. Kameramann Detlef Hosser war im Studio. Er und seine Schwester Sylvia, Kameraassistentin, hatten in Ramstein gedreht. Seine Bilder der explodierenden Flugzeuge

Judith mit Team

gingen um die Welt, sie waren gestochen scharf – er filmte mit der Angst, gleich Opfer zu sein, riss gleichzeitig seine Schwester zu Boden, um sie zu schützen. Wir sprachen. So angemessen, wie es möglich war. Als ich Jahre später in Zürich wieder eine Flugschau sah, wurde mir schlecht.

11: Als es nix zu beißen gab, oder: Die Kraftbrühe im Krankenhaus

Es war ein Hochsommer-Samstag – 16. August 1986. Mit meinem R5 war ich unterwegs im Wasgau. Im Auto ich, inzwischen getrennt von meinem Mann und alleinerziehend, Jan, mein damals 17 Jahre alter Sohn, seine Freundin Niki und ihre Freundin, eine amerikanische Austauschschülerin. Im Kofferraum ein Korb mit Picknick-Utensilien, eine Thermoskanne Kaffee. Wir wollten die Ruinen Alt- und Neu-Dahn anschauen und irgendwo picknicken. Kurz vor Vorderweidenthal in Höhe des Sportplatzes lenkte ich den R5 in eine Linkskurve – auf ihrem Scheitelpunkt kam mir ein Auto entgegengeflogen. Das traf den R5 links frontal – mein Auto überschlug sich mehrfach und blieb auf dem Dach liegen.

Auf meiner linken Körperseite – taillenaufwärts inklusive Kopf – kaum ein Knochen, der heil geblieben war. Am stärksten betroffen: Arm- und Gesichtsknochen. Mein Sohn und die beiden Mädchen hatten nur Schrammen. Ich muss zum Fürchten ausgesehen haben: Der Notarzt lebte in der WG eines Freundes, bei dem ich oft zu Besuch gewesen war, aber ich war so entstellt, dass er mich nicht erkannte. Er erzählte mir später, es sei trotz Schock auch amüsant gewesen: Ich hätte ihm alle möglichen SWF-Telefonnummern diktiert, damit er Bescheid sagen konnte. Denn eigentlich hätte ich am nächsten Tag, dem Sonntag, in Mainz „Flutlicht“ moderieren sollen und am Montag die SWF-3-„Funkboutique“ in Baden-Baden.

Was in allem Elend großartig war: wie mein Sohn sich verhielt. Auch für ihn musste die Mama ein Bild des Schreckens abgegeben haben. Aber noch an der Unfallstelle kniete er sich neben mich, ohne zu wissen, ob ich ihn verstand und ob ich das alles überleben würde, sprach ruhig mit mir: Er und die Mädchen würden zur Kontrolle ins Krankenhaus nach Bad Bergzabern gebracht, aber sie seien o.k. Mich würde gleich der Rettungshubschrauber abholen. Alles würde gut werden. Und als der Hubschrauber tatsächlich kam, da wusste ich zumindest: Die Kinder sind sicher.

Später erfuhr ich, dass der Fahrer des anderen Wagens sich den Fuß gebrochen hatte. Er war wohl so schnell unterwegs gewesen, weil er sich mit anderen ein Rennen geliefert hatte. Das erwies sich in dem Fall als Glück im Unglück: Weil andere beteiligt waren, kam relativ schnell Hilfe.

Ich lag im Hubschrauber. Arzt und Pilot glaubten, ich wäre ohnmächtig. Aber ich bekam alles mit. Sollte es nach Karlsruhe gehen oder in die Uniklinik Homburg? Die vielen verschiedenen Verletzungen, vor allem ein offener Trümmerbruch im linken Ellenbogen – Jan erzählte mir später mit Schaudern, der Knochen habe herausgeragt – das alles müsse schnell versorgt werden. Also Homburg im Saarland.

Es begann eine seltsame Zeit. Allein zwei Wochen auf der Intensivstation. Und an einem Tag das sichere Gefühl, dass das Leben aus mir herausfließt. Ich nahm es hin: Wenn's ans Sterben ginge, dann sollte es eben so sein. Dann auf einmal viel Action um mich herum: Kein Sterben, nur ein Pneumothorax, die Lunge war ein bisschen eingesackt, schnell eine Öffnung in den Brustkorb und alles wird gut. Ich überlebte.

Ein paar wichtige Erfahrungen aus dieser ersten Zeit auf der Intensivstation: Man bekommt als Patient sehr viel mit. Deswegen ist jede Pflegekraft, die ein bisschen mehr tut als einfach nur ihren Job, ein Gottesgeschenk. Und die ganzen Schläuche und Maschinen – atmen und essen gingen bei mir noch nicht von allein – die empfand ich als Segen. Ich rege mich heute noch auf, wenn abfällig von der Apparatemedizin gesprochen wird. Und meine erste Krise hatte ich erst auf der normalen Station.

Also: Was war nun genau? Mein linker Arm, der steif bleiben würde – so hatte ich es im Rettungshubschrauber gehört – war in der ersten Nacht notoperiert worden. Von einem diensthabenden Arzt, dessen Name ich leider nicht mehr weiß. Er muss allerlei angestellt haben – unter anderem ein Stückchen Knochen aus meiner Hüfte rausgeholt haben – um den Ellenbogen zu retten. Es ist ihm, nehmt alles nur in allem, gelungen! DANKE.

Dann waren da die Gesichtsknochen. Rund ums linke Auge

war nix mehr ganz. Und der Kiefer sowieso kaputt. Das mit dem Auge merkte ich selbst: Ich sah nur Doppelbilder. Schlecht, wenn lesen und schreiben Berufsinhalt sind. Ums Aussehen machte ich mir damals keine Gedanken, weil kein Mensch mir nen Spiegel gab. Die Augenärzte waren hart, aber herzlich: Ob die Sehkraft zurückkehre, wisse man einfach nicht. Bitte Geduld haben.

Die Geduld wurde belohnt. Im Extrembereich im oberen und unteren Gesichtsfeld sind die Doppelbilder noch da, aber dazwischen ist alles in Ordnung.

Das mit dem gebrochenen Kiefer dagegen schien einfach: Ober- und Unterkiefer wurden verdrahtet. Ernähren kann man sich schließlich auch mit Flüssigkost. Nur: Ich hab's nicht so mit Süßem, und alles, was ich da bekam, schmeckte irgendwie nach Vanille, Erdbeere oder sonst wie süß. Allgemein wurde ich in den Wochen meines Aufenthalts in Homburg gelobt für meine gute Compliance, ein Fachbegriff, den Mediziner verwenden, wenn ein Patient, eine Patientin keinen Ärger macht. Aber nach zwei, drei Wochen Vanilleshake war meine Compliance am Ende. Ich könne das süße Zeug nicht mehr ertragen, gab ich kund. Und weil ich vorher nie genervt hatte, nahm man das nun ernst. Ich schwöre: Ein veritabler Krankenhauskoch erschien an meinem Bett und fragte nach meinem Begehr. Ich konnt nicht reden (Kiefer verdrahtet!), aber ich schrieb's auf: Fleischbrühe!!! Von da an bekam ich immer sonntags eine so unsagbar köstliche Fleischbrühe (nochmal DANKE!), dass sich's eigentlich nur um eine Consommé double, um eine doppelte Kraftbrühe handeln konnte. Und die geht so:

Doppelte Kraftbrühe

Für 6 Personen:
ca. 1,5 l Fleischbrühe vom Tafelspitz
2 Eiweiß
300 g mageres, frisch gemahlenes Rindfleisch
(z. B. Rinderwade) als Klärfleisch

100 g Wurzelgemüse
1 Lorbeerblatt
1 Teelöffel zerdrückte schwarze Pfefferkörner
wenig Salz
1 kleiner Kräuterstrauß mit Liebstöckel, Rosmarin, Majoran
2 EL Sherry

Das Eiweiß mit dem gehackten Rindfleisch, dem Pfeffer, den Kräutern und dem Salz gut verrühren.

Die Masse in einen Suppentopf geben, die abgekühlte Fleischbrühe darüber gießen, gut verrühren, bei mittlerer Hitze das Gemisch zum Kochen bringen. Das sieht lustig aus: Das Fleisch-Eiweiß-Gemisch schwimmt oben und aus Eiweißbläschen blubbert es hoch. Sobald das Blubbern beginnt, Hitze reduzieren und nicht mehr rühren. Die Brühe darf bei kleiner Hitze nun gut 1 Stunde leicht vor sich hin sieden – „nach dieser Zeit", schrieb der große Paul Bocuse, „hat sich die Brühe mit den Säften und Aromastoffen von Fleisch und Gemüse vollgesogen und ist nun eine Kraftbrühe geworden." Und was dann? Dann gießt man die Brühe durch ein Passiertuch oder ein sehr feines Sieb und schmeckt mit etwas Sherry ab.

Der Wahrheit die Ehre: Das hab ich exakt zweimal in meinem Leben so gemacht. Hab mich am bernsteinfarbenen Ergebnis erfreut. Aber auch gedacht: Was für ein Aufwand an Zeit und Material! Denn das Klärfleisch kann man eigentlich zu nichts mehr nutzen, nicht mal zu Haschee. Mir ist im Normalfall die gehaltvolle Grundbrühe aus Fleisch, Suppengemüse, Lorbeer, der mit 5 bis 6 Nelken gespickten Zwiebel und, wenn's sein muss, ein paar Spritzern Maggi gut genug, auch wenn sie ein bisschen trüb ist.

So oder so: Was eine Fleischbrühe immer schmückt, sind Markklößchen. Dazu gibt's im Kapitel 14 ein Spitzenrezept (s. S. 131).

So köstlich eine Fleischbrühe auch ist: Ich war im Himmel, als mein Kiefer entdrahtet war und ich statt Flüssignahrung endlich

Das war mein R5

wieder ein Frühstücksbrötchen bekam. Allerdings: Reinbeißen ging (noch) nicht, ich konnte meinen Mund nicht weit genug öffnen und musste alles, was es an guten Sachen gab, erstmal in kleine Stücke schneiden.

Was ist geblieben von damals? Eine Grund-Dankbarkeit gegenüber der Uniklinik Homburg, den Menschen, die da arbeiteten. Meiner Familie, die mir damals beigestanden hat. Dem SWR, der mich wieder und weiter beschäftigte.

Blieben sichtbare Spuren? Ja, ich zumindest sehe sie. Mein linkes Auge ist irgendwie anders, liegt tiefer als früher. Und ein paar Narben am Körper sind ebenfalls lebenslängliches Souvenir.

Eine – am linken Oberarm – hätte nicht sein müssen. Und das kam so: Als ich in der Kieferklinik lag, war viel tun – und während an meinen Gesichtsknochen mustergültig gewerkelt wurde, vergaß man leider, die Verbände an besagtem Oberarm zu erneuern. Unter dem Verband starb das Gewebe ab, Nekrose nennt sich das. Sehr unschön. Muss dringend repariert werden. Und so hatte ich das Erlebnis einer Eigenhaut-Transplantation – von der Hüfte auf den Arm. Macht hässliche Geräusche, wird ohne Narkose durchgeführt, aber hilft. Eine Dankeschön der OP-Schwester, die mir während des Vorgangs die Hand hielt. Lerneffekt für mich als Patientin: Alles, was schwierig und richtig lebensgefährlich ist im Krankenhaus, das kriegen die ganz gut hin. Problematisch kann‘s bei den Kleinigkeiten werden. Wie schon Shakespeare sagt: „Der Mensch ist ein schwindlig Ding."

Also alles in allem ganz gut davongekommen, die Frau K. Wer nicht überlebt hat, ist mein viel geliebter Renault R 5.

12: The King and I oder: Warum ich Johann Lafer auf die Schulter hauen darf.

„Landesschau“, Sport, Kultur, Freizeitmagazin, Volksfestsendungen – ich hab echt viel moderiert in meinem Job. Die Allzweckwaffe des SWR sei diese Judith Kauffmann, so ein evangelischer Kirchenmann im Rundfunkrat. Er hat das übrigens gar nicht positiv gemeint, erfuhr ich später.

Nun kam 1998 eine neue Aufgabe auf mich zu. Die Kochsendung „Himmel un Erd“, später „Lafers Himmel un Erd“, von Anfang an und acht Jahre lang mit Johann Lafer und mir.

Meine Allzweckinstrument dafür war ein etwas schartiges, aber superscharfes kleines Messerchen. Ein Messerchen, wie es Sternekoch Johann Lafer nie verwenden würde. Und das ich zu jeder Aufzeichnung der Kochsendung „Lafers Himmel un Erd“ mitnahm. Ich brauchte es zur Rückenstärkung. Eher psychologisch. Denn das Konzept der Sendung war dieses: Ein Produkt wie zum Beispiel Spargel oder eine Zubereitungsart wie zum Beispiel Braten sollte im Mittelpunkt stehen und was dann geschehen sollte, darauf weist der Titel der Sendung hin. Der „Himmel“ im Titel stand für die anspruchsvolle Küche des Johann Lafer, damals schon ein weithin verehrter Spitzenkoch. Er sollte seine Meisterschaft zeigen im Umgang mit den Produkten, in seiner Raffinesse bei den Aromen, im Ideenreichtum, mit dem er auch simpelste Zutaten verwandelte, veredelte. Und was auch immer er schnitt: Er tat das schnell, präzise und mit einem ziemlich großen Messer. „Erd“ – dafür stand ein Kochgast aus dem Alltagsleben, der oder die ohne Sterneambition, aber mit Liebe und Können und oft auch mit einem Sinn für Tradition gekocht hat. Und zwischen beiden die moderierende Küchenhilfe Kauffmann mit ihrem Messerchen in der Schürzentasche, für alle Fälle.

Was soll ich sagen: Das hat prima geklappt! Lag auch daran, dass Johann sich als echter Kumpel erwies. Und so kam‘s öfter vor, dass er mir und ich ihm nach einem gelungenen Take, in dem vier Kameras abschnittweise aufzeichneten, was sich in un-

SÜDWEST
Fernsehen
Judith Kauffmann | Johann Lafer
Unser Drittes

seren beiden nebeneinanderliegenden Küchen tat, auf die Schulter schlug.

Moderieren und arbeiten an Johanns Seite, unter seinen Augen war nicht ganz einfach für mich. Ich hab als Köchin einige Schwächen. Zum Beispiel die Feinmotorik. Ein Beispiel: Thema war Weißkraut. Ich helfe dem Kochgast und schneid mit dem superscharfen Hobel aus Johanns Küche den Kohlkopf in feine Streifen, bin fast schon fertig, geh zu robust ans Werk und merk: Oh je, schon wieder geschnitten, diesmal richtig tief, es fließt rotes Blut. Nur jetzt nicht den Take abbrechen – sowas nervt alle. Also halt ich den blutenden Finger unauffällig nach unten. Da ist schon ne kleine Blutlache. Der Kochgast sieht die – ihm wird schwindlig – kurz vor der Ohnmacht brechen wir ab.

Wie hat Johann diese Zeit, diese Zusammenarbeit erlebt? Ich hab ihn einfach mal gefragt. Und hier ist seine Antwort!

„Wo Judith war, floss öfter mal Blut! Und ständig diese schartigen kleinen Messer, die sie aus der Küchenschürze kramte, wenn sie gedacht hat, die Kamera sieht das nicht. Wie oft mussten wir sie verarzten, damit die Aufzeichnung weitergehen konnte. Da gibts es ein paar Tricks, die mir ein Chirurg verraten hat: Ich sag nur Alleskleber.

Was auch öfter mal vorkam: Judith – als Journalistin eine Frau des Wortes, klar – hat dem Gespräch manchmal mehr Aufmerksamkeit geschenkt, als gut war. Beispiel: Ich erinnere mich an eine Sendung zum Thema Weihnachtsgans. Ich habe unserem Kochgast, einer gestandenen Hunsrückerin, den Tipp gegeben, ihre Gans mit Honig einzupinseln und dann ab in den Backofen. So geschehen. Die Aufzeichnung ging weiter, die zwei haben sich prima unterhalten und dabei leider ein bisschen die Zeit und die Gans im Ofen vergessen. Nun weiß jeder, dass Honig genau wie Zucker sehr heiß wird. Da muss man aufpassen, damit nix verbrennt. Was soll ich sagen: Die „Erd"-Gans war schwarz, als die beiden den Backofen geöffnet haben. Und keine zweite in Reserve. Der Aufnahmeleiter musste losfahren, eine frische Gans besorgen. Und das hat gedauert.

Der Backofen war überhaupt Judiths Feind. Er hatte eine Einstel-

lung zur Selbstreinigung. Wenn man die wählt, was sie wohl versehentlich getan hat, ist der Backofen automatisch von innen gesperrt, weil die Selbstreinigung durch große Hitze geschieht. Er lässt sich also bis auf weiteres nicht mehr öffnen. Nach meiner Erinnerung stundenlang: Zwangspause für das ganze Sendungsteam.

Aber ich hab auch sehr, sehr gute Erinnerungen, vor allem an unsere Kochgäste, die mich durch ihre Kreativität, ihren Ideenreichtum und ihre Persönlichkeit überrascht haben.

Ich erinnere mich gern an Josef Kipper aus Kandel in der Pfalz und sein original ungarisches Rindsgulasch, das Marhapörkölt. Er war gelernter Maurer, stammte aus dem Banat und kochte einfach, aber sehr gut. Ich weiß noch, dass er keine Tomaten aus der Dose verwendet hat: Nur die von seiner Mama eingemachten Tomaten waren ihm gut genug.

Die Zubereitung von Borschtsch, der berühmtesten russischen Suppe, war für die Mainzerin und russische Spätaussiedlerin Valentina Breitenbach eine Herzenssache, toll.

Wichtig waren uns natürlich auch die rheinland-pfälzischen Spezialitäten – die Sendung hieß ja nicht umsonst wie der Küchenklassiker aus dem Rheinland „Himmel un Erd.“ Ich erinnere mich gern an den Pfälzer Saumagen-Metzger Klaus Hambel, der bei uns seine Leberknödel zubereitet hat. Die in Südbaden lebende Hunsrückerin Ingrid Ritthaler und ihre großen, kugelrunden „Krumbiere Klees“ – mit Lauch, Hackfleisch und Leberwurst gefüllte Kartoffelklöße, sehr kräftig mit Muskat und Majoran gewürzt – werde ich nie vergessen. Um so einen Kloß zu verdrücken, brauchte es schon einen gewaltigen Hunger.

Am tollsten aber fand ich die Tannenzapfen zur Gemüsesuppe: Die hat Peter Emmerich mitgebracht, er ist in der Vorderpfalz zu Hause, das Gericht stammt aus dem Hunsrücker Hochwald. Da isst man tatsächlich zur Suppe mit jungem Gemüse Tannenzapfen mit Vanillepudding!

Der Tannenzapfen ist ein Hefegebäck. Der Hefeteig wird kreisförmig ausgerollt und dann über einen ca. 10 cm langen Holzstab gestülpt. Diesen Teigüberzieher versieht man rundum mit kleinen, schrägen Einschnitten, damit er möglichst nach Tannen-, oder besser Kiefernzapfen aussieht. Der Zapfen wird wie ein Krapfen im heißen Fett ausgebacken, dann von der Holzform abgezogen. In die Teighülle füllt man Vanillepudding. Und tischt den gefüllten Zapfen mit der Gemüsesuppe zu-

Peter Emmerich mit seinen Tannenzapfen

sammen auf. Wahnsinn! Aber warum auch nicht? Schließlich essen die Pfälzer Quetschekuche zur Grumbeersupp!

Peter Emmerich war noch ein zweites Mal unser Kochgast, da bereitete er Pfannkuchen aus Buchweizenmehl zu, auch das eine Spezialität seiner Hunsrücker Heimat.

Von ganz weit her kam Ujal Chatterjeeh, der pfälzische Inder aus einer Brahmanenfamilie und ein Meister seines Fachs.

Ganz besonders schmackhaft fand ich seinen Gewürzreis, der prima zu Currygerichten passt. Ujals Pilawreis habe ich öfter mal in meinem Restaurant zubereitet. Hier das Rezept:

Ujals Pilawreis

Für 4 Personen:
200 g Basmatireis
4 EL Ghee (geklärte Butter)
¼ Teelöffel Safran
5 Stück Kardamom
5 Nelken
2 Zimtstangen
3 Lorbeerblätter
300 ml Fleischbrühe

Den Reis in einem Sieb mit kaltem Wasser waschen und gut abtropfen lassen. Zur Fleischbrühe Safran, Kardamom, Nelken, Zimtstangen, Lorbeerblätter und eine Prise Salz geben. In einem mittelgroßen, eher hohen Topf Ghee erhitzen, den abgetropften Reis darin glasig anrösten. Die Fleischbrühe samt Gewürzen zum Reis geben, aufkochen lassen, einmal umrühren. Herd ausschalten. Deckel nicht mehr abnehmen. In 20 Minuten ist die Flüssigkeit aufgesogen, der Gewürzreis ist fertig. Perfekt.

Unsere Sendung hat auch meinen Küchenhorizont erweitert, ich denke gerne daran zurück. Aber bei aller Freundschaft: Ein Lieblingsrezept von Judith werde ich nie und nimmer nachkochen: ihre Version von Wirsing nämlich. Da hat sie doch tatsächlich so einen uralten Fleischwolf an der

Arbeitsplatte festgeschraubt, der sah aus wie aus dem Heimatmuseum, hat dann den gekochten Wirsing durchgedreht, und schließlich in einer Mehlschwitze zu Ende gegart. Da waren garantiert alle Vitamine restlos totgekocht.

Inzwischen höre ich, dass sie mit viel Liebe ihre Kleinfamilie bekocht – hoffentlich nicht mit dem Wirsinggemüse aus dem Heimatmuseum!

Aber alles in allem waren wir ein gutes Team!"

Soweit mein Meister! Tja, für mich war das auch eine prägende Zeit und eine Auszeichnung, mit Johann arbeiten zu dürfen. Und wir hatten Erfolg. Von 1998 bis 2006 war „Lafers Himmel un Erd" eine der populärsten Kochsendungen im deutschen Fernsehen. Inzwischen ist sie Geschichte. Johann wurde der bei weitem beliebteste Fernsehkoch Deutschlands. Und weil ich immer wieder gefragt werd: „Wie war er denn so?" will ich die Geschichte unserer allerersten Zusammenarbeit erzählen. Es ging um Dreharbeiten für einen Trailer, der aufmerksam machen sollte auf „Himmel un Erd", die brandneue Sendung. In seinem Kochstudio in Guldental, wo die Sternen-Laufbahn für Johann und Silvia Lafer mit ihrem Restaurant „Le val d'or" begonnen hatte, in diesem Kochstudio waren einige Kamerateams zugange, sie sollten zeigen, was und wie da gewerkelt wird. Wolfgang Junglas, Redakteur der Sendung, war ein bisschen nervös: allzu viel Zeit hatten wir nicht. Ich schnitt Gemüse klein, hantierte hier und da mit Töpfen und Pfannen. Und beobachtete, was der Meister tat: Johann legte zu Beginn der Dreharbeiten Lammkoteletts ins heiße Fett – es zischte, er rüttelte, schüttelte die Pfanne – dann ein anderes Sujet, ich glaube, er rührte eine Hollandaise. Doch nie verlor er die Lammkoteletts aus den Augen – wieder ein bisschen Rütteln, Wenden, dann wieder was anderes. Mir war klar: Irgendwann tritt der Fleischsaft aus und das Braten wird zum Schmoren, nix, was den Lammkoteletts gut tut. In der Zwischenzeit hatte Johann wieder schnell mal 'ne Süßspeise flambiert und wieder – wie nebenbei – die Pfanne mit den Koteletts bewegt, an den Herdrand gestellt. Zwei Stunden Drehzeit waren zu Ende, unser Regisseur meinte, wir sollten nun zum Ende kommen. Und das Ende bestand im Aufschneiden der Lammkoteletts. Ich dachte: Klar, er wird vier neue braten, die da kann er nicht mehr nehmen, die sind durch. Johann schärfte das Messer und schnitt die vorhandenen auf. Rosig-saftig-bilderbuchschön das Innere der Koteletts. Und das nach zwei Stunden! Als wäre Zauberei im Spiel.

Ach was! Es war Zauberei. Ich habe das in unseren Sendungen wieder und wieder erlebt. Die Momente der Wahrheit, wenn Johann einen Braten, eine Pastete, einen Kuchen, was auch immer anschnitt: Das waren immer auch die sichtbaren Beweise seiner Meisterschaft. Was ich davon mitgenommen hab? Vor allem eine gewisse Demut! Das, was Johann kann, lernt man nicht aus Kochrezepten.

Eins seiner Rezepte, ein ganz undramatisches, hab ich so oft nachgekocht, dass ich's inzwischen als „mein" Rezept ansehe. Auch weil ich für Johanns Brezelknödel natürlich nur die echten Speyerer Brezeln verwende, die nicht so *datschig* sind wie die badischen und bayerischen, sondern etwas knuspriger.

Brezelknödel

Für 4 Personen:
4 Brezeln
200 ml warme Milch
1 Zwiebel
80 g Butter
2 Eier
Salz, Pfeffer, Muskat

Ich nehme 4 Speyerer Brezeln, schneide sie frisch in kleine Würfel – das geht leichter, als wenn ich die altbackenen nehme – und lass diese Brezelwürfel einen Tag lang antrocknen. Über diese Würfelchen gebe ich 200 ml warme Milch und lasse die einziehen. Eine Zwiebel schneide ich in sehr feine Würfel und dünste sie in der Butter. Zusammen mit zwei Eiern gebe ich die Butterzwiebelchen zur Brezelmasse, würze mit Salz, Pfeffer und gern auch Muskat, mische alles gründlich. Dann fette ich ein großes

Stück Alufolie – oder zwei kleinere, das macht mir das Garen einfacher – wieder mit reichlich Butter ein, forme den Teig länglich und rolle ihn in die Alufolie ein. Sodass ich also eine oder zwei Brezelknödelrouladen hab. Die werden in leicht kochendem Wasser 30 Minuten gegart. Dann herausnehmen, etwas abkühlen lassen, in Scheiben schneiden. Johann machte zu diesen Scheiben einen Salat mit Radieschen-Schnittlauch-Vinaigrette. Ich tische sie zum Braten samt Soße auf.

Ein Rezept, das ich mindestens ebenso oft nachkoche, stammt von einem Kochgast: Ingrid Barth aus Dahn im Wasgau bereitete für uns Stachelbeertörtchen mit Joghurt zu. Das Originalrezept lag lange in meiner Rezeptschublade, entsprechend abgegriffen sieht es aus. Mich haben weniger die Stachelbeeren und der Joghurt interessiert als vielmehr der Teig. Er eignet sich wunderbar für salzige Quiches wie auch für süße Tartes. Nicht so krümelig, wie's Mürbeteig manchmal ist, sondern knusprig und elastisch. Und so wurde ich im Freundeskreis zur Backmeisterin, die zu Einladungen oder diversen Wechselfällen des Lebens gerne eine Tarte oder Quiche beisteuert.

Ingrid Barths Teig für Stachelbeertörtchen

Für ein Blech oder eine 28 cm-Tarteform:
175 g Mehl
150 g Butter
175 g Quark, 20 Prozent Fett
1 Ei

Diese Zutaten rasch zu einem Teig verkneten und im Kühlschrank ruhen lassen.

Das ist schon alles. Den Teig roll ich dann aus, mit reichlich Mehl, gebe ihn in eine gefettete und mit Backpapier ausgelegte Form. Diesen Teig back ich erstmal blind, das heißt: Backpapier auf den Teig, dies dann mit Bohnenkernen beschweren und 15 Minuten bei 180° vorbacken. So wird er knuspriger. Auf's Vorba-

cken zu verzichten, ist aber auch okay.
Die Mengen im Rezept kann man verändern, wenn man zum Beispiel nur wenig Teig für eine kleine Quiche braucht. Aber das Verhältnis zueinander muss stimmen: ebensoviel Quark wie Mehl, weniger Butter. Das Ei kann man auch weglassen.

Der Teigboden kann nach Lust und Laune belegt werden. Ich mag sehr gern die salzigen Quiches, und Anregungen dafür hab ich mir aus vielen Quellen geholt – eine war dieses Werbeheftchen eines Speisestärke-Herstellers, das ich hüte.

Quiche lorraine

150 g durchwachsener Speck
250 g Emmentaler Käse
3 Eier
1 Eiweiß
1/8 l saure Sahne
Pfeffer, Salz, etwas Paprika
1 EL gehackte Kräuter: Petersilie, Schnittlauch, wer's mag, auch Liebstöckel

Der Boden ist derjenige, den ich auf S. 109 beschrieben habe. Für den Belag Speck und Käse in kleine Würfel schneiden, Eier und Eiweiß mit Sahne verquirlen und würzen. Speck und Käse auf den Boden geben, Eiercreme dazu, im Backofen bei max. 200° auf der unteren Einschubleiste gut 30 bis 45 Minuten backen.

Blumenkohl-Schinken-Quiche:

500 g Blumenkohl, in kleine Röschen geteilt
125 g gekochter Schinken, gewürfelt
3 Eier
1 Eiweiß
1/8 l saure Sahne
Pfeffer, Salz, etwas Paprika

Mein zerfleddertes Mondamin-Heftchen,

1 EL gehackte Kräuter: Petersilie, Schnittlauch, wer's mag, auch Liebstöckel

Auch hier entscheid ich mich für Ingrid Barths Quark-Butter-Teig, und nicht für den im Heftchen angegebenen Mürbeteig.

Den Blumenkohl 10 Minuten vorkochen. Eier und Eiweiß mit Sahne verquirlen und würzen. Blumenkohl und Schinken auf den Boden geben, Eiercreme dazu, im Backofen bei max. 200° auf der unteren Einschubleiste gut 30 bis 45 Minuten backen.

Nach diesem Prinzip einfach weiter probieren – wichtig ist nur: Festes Gemüse für den Belag muss etwas vorgegart werden.

Mein momentaner Favorit ist viel einfacher:

Provenzalische Zwiebelquiche

1 kg Zwiebeln
Olivenöl
frischer Rosmarin
ca. 100 g schwarze Oliven ohne Stein
Salz

Die in Streifen geschnittenen Zwiebeln brate ich in Olivenöl an, lege Rosmarinzweige darauf für's provenzalische Aroma (die ich aber aus der Pfanne nehme, bevor sie ihre Nadeln abgeben, die sind mir zu hart) und salze diesen Zwiebelberg. Der übrigens beim Braten rasch schrumpft. Die weichen Zwiebeln verteile ich auf dem vorgebackenen Quicheboden (Rezept s. S. 109), lege noch steinlose Oliven in einem hübschen Muster drauf, dann nix anderes mehr, keine Eiersahne, kein Käse. 40 Minuten in den Backofen bei max. 200°. Fertig.

Für die süße Tarte bevorzuge ich ein Rezept meiner Halbschwester Heide, die älteste der vier am Anfang erwähnten Töchter meines Vaters Rudi Seise. Heide und ich haben uns eher zu-

Heide und ich: zwei Schwestern in der Champagne

fällig gefunden, als wir beide über 40 waren. Daraus entstand eine schwesterliche Freundschaft mit Höhen und Tiefen, wie es Freundschaften so an sich haben. Schöne Erfahrung war eine gemeinsame Reise mit unserer Neustädter Lieblingswirtin und Sommelière Inge Löchel in die Champagne.
Und hier das Rezept von Heides Birnenkuchen. Sie nimmt als Boden einen aus Mürbeteig. Ich – Sie ahnen's schon – bleibe beim erprobten Quark-Butter-Teig, getreu meinem Motto „nix Besseres wie was Gutes“ (s. S. 109).

Heides Birnenkuchen

Für den Belag:
1 große und 1 kleine Dose Birnen
1 Ei
1 Eigelb
200 ml Schmand
3-4 EL süße Sahne
50 g Zucker
Zimt
2 TL Mondamin
3 EL Aprikosenmarmelade
eine Handvoll Pinienkerne oder gehackte Pistazien

Die abgetropften Birnen gleichmäßig auf dem Teigboden verteilen, Eier, Schmand, Sahne, Zucker, Zimt und Mondamin verrühren, über die Birnen geben. Bei 180° in den Backofen. Marmelade in der Sahne auf dem Herd erwärmen. Nach 25 Minuten den Kuchen aus dem Ofen nehmen, Marmelade auf den Kuchen streichen, Pinien oder Pistazienkerne drauf und in ca. 15 Minuten zu Ende backen.

Auch hier gilt: Andere Möglichkeiten selbst finden, ausprobieren, auch mit frischem Obst wie Äpfeln oder – mein Favorit, aber nur kurze Zeit im Jahr frisch erhältlich: – mit Mirabellen.

13: Kochen am Wegesrand oder: Als mir das Elsässer Krümelkuchenmonster auflauerte.

Mein Berufsleben war anstrengend. Und meine Urlaube waren es auch. „Warum tust du dir das an?“, fragten Freund*innen regelmäßig, wenn ich in Urlaub fuhr. Denn: Ich liebe es zu zelten!

Wie kam‘s dazu? Mit meinem zweiten Mann war ich öfter nach Frankreich gereist, und zwar haben wir auf der Fahrt zu unserem Ziel, eine der Küsten, immer im Zelt übernachtet. Am Meer aber verbrachten wir unseren Urlaub ganz behaglich im Hotel. Doch diese erste Erfahrung mit dem Zelten möcht ich nicht missen: Auf den kleinen kommunalen Campingplätzen, die man auch heut noch in Frankreich vielerorts findet, erlebt

Camping im Jura

man die Schönheiten von „Innerfrankreich“ ganz aus der Nähe. Und ich erinnere mich an einen Sternenhimmel über einem ganz einfachen Campingplatz irgendwo im französischen Jura, wie ich ihn nie wieder gesehen hab.

Viele Jahre später ereilten mich – eigentlich gut im Geschäft, aber eben freiberuflich – Existenzängste. Mitte 40 war ich da. Wie lang würde es im Job noch gut gehen? Wie lange würde das Publikum die nun wirklich nicht mehr taufrische Frau Kauffmann noch sehen wollen? Die Antwort: erst mit 65, mit dem Eintritt ins Rentenalter, war Schluss, wenn auch ein paar Jahre zuvor die gut bezahlten Moderationsjobs aufhörten. Damals aber hatte ich die fixe Idee, das komfortable Reisen müsse aufhören. Ich kaufte mir für ca. 350 Mark ein Tunnelzelt, das sogar ich mit meinen zwei linken Händen aufbauen konnte.

Sommer für Sommer räumte ich mein Auto – fast immer ein Kleinwagen – bis oben hin voll mit Campingzeug. Und ab ging‘s in die Bretagne.

Wieso Bretagne? Daran ist Margret schuld. Eine Deutsche, die als Journalistin in Paris lebte. Margret wiederum hatte ich auf einer Journalistenreise in den Südwesten Frankreichs, ins Sidobre, nicht weit von Toulouse, kennengelernt. Auf dem Hausboot, mit dem wir Journalist*innen auf der Erdre, dem schönsten Flüsschen Frankreichs, Richtung Meer tuckerten, erzählte mir die smarte Kollegin von der Bretagne.

Es war ein Déjà vu. Denn als Schülerin hatte ich die großen Ferien 1967 in der Bretagne verbracht, als Au-pair-Mädchen bei einer jungen, wohlhabenden Familie, den Joussets. Drei Kinder zwischen 3 und 7, dazu ein Neffe von 5 Jahren. Die Ferien spielten sich in den Sommerhäusern der Familie ab, erst im berühmten Carnac mit seinen keltischen Steinmalen, dann in Erquy, dem Fischerdorf an der Ärmelkanal-Küste. Meine erste Reise ins Ausland – und dann gleich ein Ferienjob mit richtig viel Verantwortung. Es zahlte sich aus, dass ich im Fach Französisch einiges gelernt hatte. A l‘instant, je pouvais parler, auf einmal konnte ich in einer fremden Sprache sprechen. Und das musste ich auch: Weder Monsieur noch Madame sprachen auch nur ein Wörtchen deutsch. Und die Kinder, für die ich verantwortlich war, schon gar nicht. Aber mein erster Test im Ferienjob betraf nicht einmal die Sprache, sondern das Essen. Monsieur Jousset hatte mir klar gemacht, dass man deutsche Au-pair-Mädchen eigentlich schätze, aber dass es da immer gewisse Schwierigkeiten mit den Mahlzeiten gebe. Man würde sehen ...

Das erste Abendessen in der Ferienvilla. Große Töpfe, in denen es brodelte. Vollkommen neue Gerüche. Schließlich wurde aufgetischt. Es gab seltsame Viecher in einem – nun ja: nicht Panzer, dafür war das Zeug, das mein Abendessen umhüllte, zu dünn. Aber es war klar: Das Essen lag unter dieser Keratinschicht, die es zu knacken galt. Monsieur zeigte es mir: Hinter dem Kopf am zweiten oder dritten Glied dieser Hülle musste ich etwas hin- und herruckeln, dann kam ich ran an das zarte Innenleben. Das ich dann wahlweise in eine heiße, scharfe Soße à l'americaine oder in eine kalte Mayonnaise tunken und essen sollte. Und nebenbei: Das Vieh, das ich aß und das Langoustine hieß, hatte noch zwei quasi Vorderfüße oder Scheren, aus denen konnte man auch noch was rausholen. Ich machte mich an die Arbeit. Die Joussets sahen zu und waren hochzufrieden. Als ich den vierten Teller mit Schalenabfall gefüllt hatte, sagte Monsieur Jousset zu seiner Frau: „Sans doute: avec Judith, ca ira!" Also keine Probleme mit Judith, die soeben ihre ersten Meeresfrüchte verspeist hatte und auch heute noch eine Schwäche für Krustentiere hat.

Mein Job war kein reines Vergnügen, drei, nein, vier verwöhnte Franzosenkinder, und in der zweiten Ferienhälfte in Erquy kamen noch die vier Kinder von Madames Schwester dazu. War stressig. Zumal ich für die Kinder auch kochen musste. Nun: Es gab meist Nudeln mit Tomatensoße – mehr hatte ich nicht im Repertoire. Halt: Karamellbonbons konnte ich noch, die waren mein Highlight. Butter schmelzen, Zucker dazu, Sahne dazu, dann rühren, rühren, rühren, abkühlen lassen, in Stückchen schneiden. Fertig.

Judith mit Krustentier – hier in Portugal

Das Erwachsenenessen bestand neben Meeresfrüchten sehr oft aus einem großen Stück Rinderfilet, im Backofen gegart. Die dünnen Enden waren durch, die durften die Kinder und die kulinarisch Unbedarften wie ich essen. In der Mitte war das Filet noch blutig, genau richtig für Monsieur und Madame und ihre diversen Geschwister, die zu Besuch kamen. Alle lobten, wie gut gelaunt Judith, diese unkomplizierte kleine Deutsche war. Niemand ahnte, dass diese kleine Deutsche inzwischen Qualen litt: Meine Periode war zu Ferienbeginn schon überfällig gewesen. Sie stellte und stellte sich nicht ein. War ich schwanger? Die Schwester von Madame war Frauenärztin. Mehr als einmal stand ich vor ihrer Zimmertür. Immer verließ mich der Mut, mit ihr zu sprechen. Wieder zuhause war klar: Ich war schwanger. Von dem folgenden Teil meines Lebens hab ich ja in Kapitel 8 erzählt (s. S. 70).

Die Bretagne also erlebte ich zum ersten Mal in einer aufregenden Zeit. Und vergaß sie dann erstmal. Bis zur Sidobre-Reise und bis zur Bekanntschaft mit Kollegin Margret. „Kennst du eigentlich die Bretagne?“, fragte sie. „Und weißt du, wo das Klima dort am besten ist?“ Zufällig wusst‘ ich‘s, hatte es damals – 1967 – aufgeschnappt. „Ja, in Carnac!“, war meine Antwort. Darauf sie: „Stimmt. Ist aber total überlaufen dort. Das zweitbeste Klima in der Bretagne gibt’s in Lesconil. Kleines Fischerdorf, wo sie vor allem Langoustinen fangen.“ Langoustinen? Ich reagierte reflexhaft: Die kenn ich, die mag ich, da will ich hin. Und schon war ich verabredet für den nächsten Sommer in Lesconil.

Im nächsten Sommer war ich wirklich da, noch ohne Zelt. Auf der Fahrt spektakuläre Bretagne: Audierne, die Mündung des Flusses Odet, das idyllische Pont l‘abbé. Tja, und dann: Lesconil. Das Hinterland öd. Die Häuser nicht so bretonisch-granitgrau, wie ich es anderswo gesehen hatte. Eher alltäglich. Ich stieg erstmal ab im Hotel du Port. Nix für Touristen damals, eher ein Hotel für Geschäftsleute. Am zweiten Tag wirkte der Zauber. Der mich unausgeschlafen ereilte. Denn nachts, oder besser am frühen Morgen, so gegen vier Uhr, war ich wach geworden vom

Lärm der kleinen Schiffe, die am Hafen vor meinem Hotelzimmer rausfuhren aufs Meer. Ich schaute fasziniert dem Treiben zu. Und lauschte am nächsten Morgen in der Bar du Port den alten Fischern, die Geschichten vom Fisch- und Langoustinenfang erzählten. Das wollte ich wenigstens als Zaungast miterleben. Ging morgens zur Grande Plage, dem Bilderbuchstrand, und nachmittags dann an den Hafen, die Ankunft der Fischer

Freiluft-Küche auf dem Capingplatz

abwarten, beim Ausladen des Fangs und bei der Versteigerung in der Criée, der Versteigerungshalle, zuschauen. Es war wunderbar. Nur eines fehlte: Als Hotelgast konnte ich von den guten Dingen nichts selbst zubereiten.

Das änderte sich. Im nächsten Jahr kam ich (auch wegen der womöglich nur eingebildeten Mitt-Vierziger-Finanzkrise) mit dem Zelt und mit Kochutensilien in Mengen im Gepäck. Der Campingplatz „Des Dunes" hinter den Dünen zur Grande Plage ist unglaublich schön, klein, familiär.

Seither war ich immer wieder da. Und glücklich. Mit der kleinen Einschränkung, dass ich mein Lesconil von früher vermisse. Zu Beginn waren es gut ein Dutzend Fischer, die Tag für Tag hinaus auf's Meer fuhren, heute sind es nur noch zwei. Keine Versteigerungen mehr in der Criée, kein Fischgeschäft mehr im Hafen, nur ein mobiler Fischhändler. Die spanische Konkurrenz, begünstigt durch die EU, habe alles kaputt gemacht, sagen die Alten. Das ist die eine Wahrheit. Aber im Tourismus verdient sich das Geld auch leichter. Schade eigentlich? Nun: Als ich zum bisher letzten Mal in Lesconil war, erzählte mir die Seniorchefin vom Campingplatz, dass ihr Bruder beim Fischfang

Frisch vom Gaskocher: Loup de mer auf Algen

ums Leben gekommen sei. Und wie froh sie sei, dass niemand in ihrer Familie noch von der Fischerei leben müsse. Tja. Kann ich auch verstehen.

Es bleibt genug Wunderschönes: Die Strände, die Menhire, die liebenswert-traditionellen Bretonen und vor allem Bretoninnen mit ihren Spitzenhäubchen.

Die Camperin Judith war bestens ausgestattet, mit Zelt, Werkzeug, Klapptisch, Stuhl, Isomatte, Schlafsack, Drei-Bein-Liege. Vor allem aber mit der Kochkiste. Darin Gaskocher, Töpfe, Salatschleuder, Geschirr, Kühlbox. An Ort und Stelle merkte ich, dass ich eine Wäscheleine vergessen hatte. Und dass es gut wäre, zwei Gaskocher zu haben statt nur einen. Auf denen brutzelte ich dann, was es Gutes beim Fischhändler, beim Metzger oder auf dem Markt zu kaufen gab.

Den frischen Fisch mit Muscheln gab's auf einem Algenbett, das Steak mit den berühmten Zwiebeln von Roscoff, Artischocken fast täglich mit einer Vinaigrette von Cidre-Essig, Schalot-

Endlich ein größeres Zelt!

ten und Öl. Und die Muscheln pur. Ich gewöhnte mir an, einmal am Tag mit einer leeren Colaflasche ins Meer rauszuschwimmen. Wenn ich dachte: Hier isses weit genug weg vom Strand und von pinkelnden Kleinkindern, füllte ich Meerwasser in meine Flasche und schwamm zurück. Und in dem Meerwasser hab ich gekocht, was immer zu kochen war. Mit Meerwasser zu kochen – das machen die alten Bretoninnen übrigens auch.

Natürlich bin ich nicht nur in die Bretagne gereist. Überall, wo ich war, hab ich mich nach dem Essen der Gegend umgeschaut, hab zum Beispiel in England den unglaublich feinen jungen Kohl, der dort als spring cabbage verkauft wird, gern zubereitet, und in den Pubs am liebsten Sandwiches gegessen, die wirklich köstlich sind. Hab auf Mauritius im kleinen 3-Sterne-Hotel mitten im Städtchen Flic-en-flac Schwertfisch lieben gelernt und am Strand die reifen Mangos mit Salz und Chili genossen.

Nach Santorini kam ich, weil meine Heidelberger Freundin Ulli mit einem dort geborenen Mann, Minas, verheiratet ist und sie mir Santorini in den schönsten Farben beschrieb. Und es war an Ort und Stelle wirklich wunderbar, auch weil ich auf Ullis Rat im hochgelegenen Pyrgos und damit abseits der Trampelpfade wohnte. In dieser kleinen Stadt gab‘s an allen Ecken und Enden wunderbares Essen und einmal auch einen Kochwettbewerb: Es ging um Tomatokeftedes. Und die fand ich so köstlich, dass ich sie nun auch zu Hause zubereite – im Wissen, dass nichts die kleinen, in der Mittelmeersonne gereiften Tomätchen dieser Trauminsel ersetzen kann.

Hier also „meine“ Tomatokeftedes, nicht aus dem Kochbuch, sondern aus dem Gedächtnis. Deswegen gibt’s keine präzisen Zutatenmengen, und es gilt das im Leben wie in der Küche bekannte Prinzip von Trial and Error.

Tomatokeftedes

reife Tomaten
reichlich Petersilie, Pfefferminze, Basilikum
Knoblauch

Mehl
eventuell Speisestärke
1 Ei
Olivenöl

Ich nehme einige möglichst reife Tomaten, entferne Kerne und Saft, schneide die Tomaten klein würfelig, gebe reichlich klein gehackte Petersilie, Pfefferminze und Basilikum dazu, gern auch klein gehackten Knoblauch, dann soviel Mehl, wie's braucht, damit ich diese Masse zu Klößchen formen kann, auch etwas Speisestärke ist hilfreich, und ein Ei. Diese weichen Klößchen

Schöne Aussicht überall: Ulli auf Santorini

geben ich in heißes Olivenöl, drück sie etwas flach und lass sie schmurgeln. Außen dürfen sie nicht zu dunkel werden, innen sollten sie nicht mehr roh sein. Dazu dann Zaziki und Weißbrot. Fein.

Solche Keftedes, Bällchen oder Klößchen findet man in Griechenland auch aus anderen Zutaten. Auch Zucchinikeftedes sind gut. Wenn sie gut sind.

Mit Süßspeisen und Kuchen hab ich‘s nicht so. Das ist die Regel. Hier kommt die Ausnahme. Und da taucht endlich auch das Krümelkuchen-Monster auf. Ich fuhr eine Woche lang mit dem Fahrrad durch‘s nördliche Elsass. Allein. Tagesetappen zwischen 50 und 80 Kilometern. Schön. Am zweiten Tag war ich auf der Route des Villages Pittoresques unterwegs – nix los an dem Tag auf der Straße der malerischen Dörfer. Nur ein grüner Renault fuhr hinter mir her, überholte mich. Parkte kurz danach am Straßenrand. Und nebendran auf der Böschung stand der Fahrer. Ein rundlicher kleiner Mann. Nackt. In einer seltsamen Pose: Wie eine kleine dicke Ballerina schwenkte er untenrum das, was einer Ballerina fehlt.

Hatte ich richtig gesehen? War das nun zum Fürchten oder zum Lachen? Ich radelte schneller auf der einsamen Straße. Kurze Zeit später: Der Renault fuhr an mir vorbei, hielt, dann gab der kleine dicke Mann sein Solo am Straßenrand, ich fuhr vorbei, schnell, schaltete einen Gang höher. Wurde nervös. Das Spiel wiederholte sich noch einmal. Da sah ich – welch ein Glück – ein Ortsschild vor mir: Hunspach. Eines der schönsten Dörfer des Elsass. Und im Dorf noch ein schöneres Schild: Restaurant Au Cerf. Das Lokal war eigentlich noch geschlossen, aber ich stolperte rein, erzählte von meiner Not. Bekam einen Milchkaffee und den köstlichsten Krümelkuchen, den ich je gegessen hab. Und konnte danach dann doch lachen über meine Begegnung mit dem Krümelkuchen-Monster. Den Krümelkuchen hab ich zu Haus nie gebacken, sondern nur gelegentlich beim Bäcker meines Vertrauens gekauft.

14: Das Essen der anderen oder: Rezepte, die ich gefunden, geklaut, dankbar entgegen genommen habe

Nix Besseres wie was Gutes – das ist ja mein Wahlspruch. Den muss ich aber hier ergänzen: Manchmal gibt's auch nix Besseres als das, was gerade die anderen auf dem Teller haben! Oft genug hab ich im Restaurant meine Bestellung fix umgeändert, wenn ein besonders appetitlicher Teller zum Nachbartisch gebracht wurde: „So was will ich auch!"

Immer wenn mirs im Restaurant, bei Freundinnen, Freunden oder einfach am Wegesrand besonders gut geschmeckt hat, bin ich in Versuchung, nach dem Rezept zu fragen. Aber das ist nicht die feine englische Art. Wenn ich das also nicht wage, dann mach ich mich zu Hause ans Rekonstruieren. Ein Beispiel:

Ich hab eine gute Freundin, die ich inzwischen sehr selten sehe, weil sie in London lebt. Ich bewundere sie – wegen ihrer Kenntnisse in Sachen Kunst, ihrer Schönheit und ihrer Fähig-

Meine Freundin Vera und ich

keit, entspannt und stressfrei Gäste zu bekochen. Vera serviert bei Einladungen oft eine Tarte Tatin, ihren Spezialnachtisch. Und den wollte ich ihr nicht „klauen", hab also nicht nach dem Rezept gefragt. Die Tarte Tatin ist der kopfüber gebackene Apfelkuchen, den die betagten Schwestern Tatin aus Lamotte-Beuvron in der Sologne zufällig erfunden haben: Ein von den Damen für ihre Gäste zubereiteter Apfelkuchen war ihnen aus den Händen gefallen. Daraufhin hätten sie ihn einfach mit der Fruchtseite nach unten wieder in die Form gelegt, mit frischem Teig bedeckt und noch einmal gebacken. Voilà! So las ich's im Internet. Und im Internet fand ich auch jede Menge Tarte Tatin-Rezepte, die schildern, wie dieser Kuchen erst auf dem Herd, dann im Backofen fabriziert und am Ende dann gestürzt wird.

Klang kompliziert, ich hab die Tarte Tatin links liegen lassen. Nun gibt es aber im elsässischen Wissembourg ein Hausratsgeschäftchen, das ich liebe. Und die hatten eines Tages eine beschichtete Backform im Angebot, mit der es ein Kinderspiel sei, die Tarte Tatin zuzubereiten. Sagte mir die Chefin. Ich kaufte die Form und düste heim. Und Leute: Es ist eine Freude und kinderleicht, diesen köstlichen Kuchen zu machen! Und das geht so:

Tarte Tatin

100 g Zucker
50 g Butter
5 Äpfel
1 Platte fertiger Blätterteig
eventuell etwas Crème fraîche

Ich stelle die Form auf den eingeschalteten Herd, streue eine Schicht Zucker (so etwa 100 Gramm) gleichmäßig auf den Boden. Wenn dieser Zucker hellbraun karamellisiert, gebe ich ein gutes Stück Butter (ca. 50 Gramm, eher mehr, ich wiege es nicht, mach's nach Gefühl) dazu, verrühre das Ganze. Lege dann die geschälten und geviertelten Äpfel (ich brauche etwa 5 und bevor-

Tarte Tatin mit meiner super Form, die die Hitze auf dem Herd und im Backofen aushält. Und beschichtet ist, das hilft beim Stürzen.

zuge Boskop) mit der gewölbten Seite nach unten in den Butterkaramell. Die Form mit dem Karamell und den Äpfeln lass ich noch ein wenig auf dem Herd stehen. In der Zeit rolle ich fertigen Blätterteig oder Ingrid Barths Tarteteig aus Kapitel 12 (s. S. 109) aus, rund und so groß, dass er die Äpfel gut bedeckt. Ich drücke ihn seitwärts ein bisschen an den Rand der Form an. Mit einer Gabel etwas einstechen. Dieser Apfelkuchen mit dem Boden obendrauf kommt gut 30 Minuten in den auf 180° vorgeheizten Backofen – mittlere Einschubleiste –, bis er schön zartbraun ist. Dann raus mit ihm, etwas abkühlen lassen, stürzen. Und falls einige Äpfel in der Form hängen bleiben, dann baut man die eben per Hand da in den Kuchen ein, wo sie hingehören. Lauwarm schmeckt die Tarte am besten, dazu passt etwas Crème fraîche.

Meine Freundschaft zu Vera hatte einen sehr schönen Nebeneffekt: Durch Vera, die inzwischen weit Entfernte, lernte ich Regine, die sehr Nahe kennen. Regine ist meine Nachbarin. Sie ist nicht nur eine kluge, gebildete, stilvolle Frau, sondern auch die beste Gastgeberin und Köchin, die ich kenne. Wann immer ich

Regines Enkel mit dem ganzen vorbereiteten Gemüse für die Piemonteser Vorspeise nach Gärtnerin Art

bei Regine eingeladen war, gab (und gibt) es köstliches Essen, oft klassisch französisch, oft italienisch: Sie hat ein kleines Feriendomizil im nördlichen Italien, nicht weit vom Gran-Paradiso-Nationalpark. Kürzlich kochte sie mit Hilfe einer chinesischen Freundin auch chinesisch. Und alles wirkt vollkommen unangestrengt.

Ich hab Regine um ihr Rezept gebeten, mit dem sie den Sommer in den Winter rettet, denn diese Sommerfreude verschenkt sie gelegentlich im Einmachglas: Ihre Piemonteser Vorspeise nach Gärtnerin Art erfordert viel Arbeit und etwas Kenntnisse im Einkochen.

Piemonteser Vorspeise nach Gärtnerin Art
(La Giardiniera. Antipasto piemontese)

3 kg reife Tomaten
500 g Bleichsellerie, gehäutet, in etwa 1 cm große Würfel geschnitten
500 g Karotten, geschält, in etwa 1 cm große Würfel geschnitten
500 g grüne Bohnen, entfädelt, in etwa 1 cm große Würfel geschnitten
500 g Perlzwiebeln, geschält, evtl. halbiert
500 g Blumenkohl, in ganz kleinen Röschen
500 g Zucchini, geschält, in etwa 1 cm große Würfel geschnitten
500 g rote und gelbe Paprika, geputzt, in etwa 1 cm große Würfel geschnitten
1 Glas Olivenöl
1 Glas guter Weißweinessig
mindestens 3 EL Salz

Die Tomaten waschen, kurz überbrühen, häuten und klein schneiden. Dann in einem etwa 10 Liter fassenden Topf aufkochen und 30 Minuten weiterköcheln lassen, anschließend durch die Flotte Lotte passieren.

Dieses Püree zurück in den Topf geben und köcheln lassen. Das Gemüse im Abstand von etwa 3 Minuten in der oben angegebenen Reihenfolge zu den Tomaten geben. Insgesamt etwa 25 Minuten am Köcheln halten, sanftes Umrühren verhindert Anbrennen. Ist alles Gemüse drin, Olivenöl, Weißweinessig und das Salz dazugeben. Nach etwa 30 Minuten kosten: Bissfest sollte alles sein. Falls das Gemüse zu fest ist, noch etwas länger garen.

Twist-off-Gläser heißt ausspülen, austrocknen, randvoll füllen, mit dem Deckel verschließen und etwa ½ Stunde kopfüber auf ein feuchtes Tuch stellen. – Das eingemachte Gemüse eine Woche durchziehen lassen; dazu passen Oliven und guter Thunfisch in Öl.

Was ich bei einer guten Freundin wie Regine wage, nämlich nach einem Rezept zu fragen, empfinde ich im Restaurant als ungehörig. Ein gutes Essen dort nehme ich als Freude für den

Judith und Trudel in Kairo im Nil-Hilton

Augenblick wahr, ohne dieses Erlebnis zwanghaft zuhause nachvollziehen zu wollen – von können ist erstmal gar nicht die Rede.

So war ich auch eines schönen Spätnachmittags am Ende eines anstrengenden Arbeitstages von Trier kommend ein wenig spazierengefahren und schließlich in einem schönen Wiesentälchen bei Naurath gelandet. Kleines Hinweisschild: Landhaus St. Urban. Es klingelte bei mir: Das war doch das Reich von Harald Rüssel, hochgelobter Koch. Ich beschloss, mir ein feines Essen verdient zu haben, kehrte ein und es war köstlich. Zander gab es. Und dazu – fast so ein bisschen Surf and Turf: Markklößchen. Nun bin ich eine Markklößchenfreundin und -spezialistin. Aber die hier waren besser. Schöner. Klein und ganz weiß. Nicht so petersiliengrüngesprenkelt wie meine. Und sie schmeckten fein und aromatisch. Tja, und da nahm ich mir doch ein Herz und fragte Harald Rüssel. Seitdem habe ich sein Markklößchenrezept handschriftlich. Ich fühle mich beschenkt und dankbar.

Harald Rüssels Markklößchen

Für ca. 70 Klößchen
200 g ausgelassenes Rindermark
4 Eier
4 Eigelb
400 g weiße Semmelbrösel (von einem Weißbrot ohne Rinde)
Muskat, Salz, Pfeffer

Rindermark (Zimmertemperatur) aufschlagen, Eier und Eigelbe schaumig schlagen. Eine Hälfte der Brösel in die Eimasse rühren, die andere Hälfte ins Mark, dann beide Massen vermengen, zu einer Rolle formen, dann in Stückchen schneiden und kleine Bällchen formen. 5 Minuten in Salzwasser abkochen.

Meine Erfahrungen beim Zubereiten: So um die 6 Markknochen braucht man für die im Rezept verlangten 200 g Mark. Leider ist nicht jeder Metzger bereit, die gewünschte Menge gleich aus den Knochen herausgelöst zu verkaufen. Diese mühsame Arbeit bleibt dann dem Koch, der Köchin zu Hause überlassen. Das Auslassen des Marks erreicht man durch Erhitzen. Das so quasi flüssig gemachte Mark gebe ich durch ein Sieb und kann so auch einzelne Knochensplitterchen aus der Masse zurückhalten.

Die verlangten weißen Semmelbröseln hab ich selbst fabriziert, hab ein Kastenweißbrot entrindet, in Scheiben getrocknet und dann mit meinem Supermixer zu mehligen Bröseln zerkleinert. Man kann aber auch das sogenannte Mutschelmehl kaufen, das ist ebenfalls schön hell. Beim Klößchenformen hab ich mitgezählt: 79 Markklößchen kamen zustande. Ich hab sie partienweise gekocht, besser: nur simmern lassen. Um der Wahrheit die Ehre zu geben: Bei der ersten Partie behielten nicht alle die Form. Da waren Köchin und Teig und Wasser im Topf noch nicht so gut eingespielt. Aber am Ende kam ein kleiner Berg zustande: 70 Markklößchen à la Harald Rüssel. Allerdings – wieder der Wahrheit die Ehre – nicht so fein und leuchtend weiß wie die des Spitzenkochs.

Meine Freundin Trudel kocht gut, aber ohne allzu großen Ehrgeiz. Sie hat – wie ich auch – recht früh ihr Kind bekommen, hat als junge Mama ihre Ausbildung gemacht, war auch nur kurz verheiratet: Ihr erster Mann wurde später mein zweiter, was unserer Freundschaft keinen Abbruch tat.

Zu kompliziert? Dafür gibt's jetzt was ganz einfaches: Trudels häufig gekochtes Spezialgericht hieß Hatsch-Patsch. Es war immer eine Mischung aus Zwiebeln, Hackfleisch, Gemüse und was sonst so da war. Von allen gern gegessen, von ihr erfunden. So dachten wir. Nur: In einem bezaubernden kleinen Kochbuch namens „Manuel Gassers Köchelverzeichnis" – Manuel Gasser war ein kochender Autor lange vor Wolfram Siebeck und Co., und ich liebe seine Texte – in diesem Köchelverzeichnis fand ich also ein urenglisches Gericht namens Hotch-Potch: mit Fleisch, mit Gemüse, das ganz ähnlich klingt und wohl auch schmeckt wie Trudels Hatsch-Patsch. Was wohl heißt: Es gibt möglicherweise ein Unterbewusstes der Rezepte, und auf diesem Weg wurden Hotch-Potch und Hatsch-Patsch eins.

Mit Trudel war ich übrigens mal auf Reisen, Wir hatten eine

sehr preisgünstige Städtetour nach Kairo gebucht. Sehr, sehr preisgünstig. Unser Hotel lag in einem üblen Viertel, gleich nebenan Wellblechhütten, es roch schlecht. Und vom Hotelessen will ich gar nicht reden. Wir waren, obwohl uns die Stadt faszinierte, ein bisschen verzweifelt. Und da entschied Trudel: „Wir brauchen jeden Tag mindestens eine Viertelstunde in einer angenehmen Umgebung – wir gehen zum Tee ins Nil-Hilton."

Meine Kleinbürgerangst ließ mich sagen: „Da dürfen wir doch gar nicht rein, wir sind keine Hotelgäste. Und außerdem sitzen da Wachen mit Maschinengewehren."

„Ach was", sagte Trudel.

Und so hielten wir uns jeden Tag für eine kleine Weile im Hotelgarten auf, tranken was, aßen auch mal was, das kostete nicht die Welt. Und so entspannt stürzten wir uns frisch gestärkt in den ägyptischen Großstadt-Wahnsinn.

Küchentechnisch hab ich von Kairo nur mitgenommen, dass es dort eine sehr gute Erdnusssauce gibt. Aber leider: Erdnüsse gehören zu dem wenigen, was ich nicht gern esse. Deswegen kein Rezept.

Der beste Freund Trudels übrigens ist Sigi, Rechtsanwaltsgehilfe und sehr guter Amateurschauspieler. In meiner „Wie es euch gefällt"-Inszenierung war Sigi der melancholische Jacques. Dass er auch gut kochen kann, erfuhr ich, als es mal seine sauguten Grumbeerpfannkuchen zu essen gab. Nach dem Rezept gefragt, wehrte er erstmal jedes Lob ab: Es rühre hauptsächlich daher, dass er die Geduld zur Herstellung aufbringe. Und dann kam per Mail, die ich hiermit wortwörtlich überliefere, Siegfrieds „Rezept für Grundbirnenpfannkuchen, mündlich von meiner Naturalmutter überliefert, für zwei Personen."

Siegfrieds Rezept für seine „Grundbirnenpfannkuchen"

„4 große Grundbirnen
1 mittlere Zwiebel

etwas Petersilie, wenn man die grünen Einsprengsel mag
1/2 altes Brötchen
wenig Milch
1 Ei
etwas Mehl (nur wenn die Grundbirnen zu wässrig sind)
Salz, Muskat

Das Brötchen klein schneiden, im Topf mit Milch bedecken, kurz aufkochen und etwas ziehen lassen, zum Beispiel während man das Grundgebirn und die Zwiebel raspelt. Dann durch Zusammenschütten von allem zu einer Gleichverteilung der Inhaltsstoffe gelangen und in wenig Öl beidseits braten."

Das ist das Rezept mit „allerfreundlichsten Grüße von Siegfried".

Danke schön! Er verschweigt aber, dass dieses klassische Gericht zwei Probleme aufwirft. Das erste: die rohen Kartoffeln (= Grundbirnen) zu reiben ist mühsam. Zweitens: Diese Pfannkuchen schmecken am allerbesten frisch aus der Pfanne. Sodass der Koch oder die Köchin mit dem Braten kaum nachkommt und beim Essen in aller Regel leer ausgeht. Was isst man dazu? *Was fer e Frooch!* Apfelmus, klar. Wobei: Ich finde, auch grüner Salat passt bestens.

Rezepte klauen – das tun wir alle. Auch und gerade aus Zeitungen und Magazinen. Einen simplen Kastenkuchen back ich noch heute nach dem Rezept von Christiane Herzog, deren Mann Roman – man erinnert sich – mal Bundespräsident war.

Kastenkuchen nach Christiane Herzog

140 g Butter
140 g Zucker
2 Eier
140 g Mehl
1 EL Rum oder Arrak

Butter und Zucker schaumig rühren, die Eier nach und nach zugeben und zum Schluss das Mehl und den Alkohol unterrühren; dann in einer kleinen Kastenform 30 Minuten bei 175° backen.

Kein Hexenwerk und gut geeignet, wenn sich kurzfristig Kaffeegäste ansagen. Etwa Staatspräsidenten oder die Nachbarin.

Mein Vorzeigerezept stammt aus der medialen Frühzeit, als an Internet noch nicht zu denken war und ich selbst blutige Kochanfängerin. Mein Glanz-Rezept war eines für ein berühmtes Dessert. Und die Patin dafür war eine in den 1960er, 1970er Jahren weithin bekannte Journalistin, später auch Herausgeberin der ALLGEMEINEN ZEITUNG in München, nämlich Anneliese Friedmann. Sie schrieb in ihrer STERN-Kolumne sinngemäß: Das einzige Gericht, das eine Frau zubereiten können sollte, weil es zu ihrem Lebens- und vor allem Liebesglück wesentlich beitrage, das sei eine gute Mousse au Chocolat. Das nahm ich mir zu Herzen, das Rezept hab ich aus dem STERN geklaut. Inzwischen fühlt es sich wie „mein" Rezept an. Hier „meine" Mousse au chocolat, ebenso einfach wie gut, und in drei Farben:

Dunkle Mousse au Chocolat

Für 4 Personen:
1 Ei
1 Eigelb
200 g Edel- oder Zartbitterschokolade
1 Schuss Cognac
300 ml Schlagsahne

Ei und Eigelb im Wasserbad schaumig schlagen. Währenddessen in einer zweiten Schüssel (kann auch im Wasserbad sein, muss aber nicht, wenn man vorsichtig temperiert) die in Stückchen gebrochene Schokolade schmelzen lassen (Achtung: nur so lange, bis sie weich ist, keinesfalls kochen lassen!!!). Ist die Eicreme schön dick und cremig gerührt, Topf vom Feuer nehmen, die geschmolzene Schokolade (geduldig) unterrühren, etwas Cognac dazu. Schlagsahne steif schlagen und in die etwas abgekühlte, aber noch laue Schoko-Eiermasse unterheben. Wirkt erstmal noch etwas flüssig, aber nach etwa 4 Stunden im Kühlschrank ist die Mousse fest.

Dasselbe Verfahren gilt für die nicht zu unterschätzende zartbraune Vollmilch-Mousse. Nur nimmt man statt dunkler Schokolade Vollmilch und gibt zum Festwerden in die warme Eiermasse zwei zuvor in Wasser eingeweichte und dann gut ausgedrückte Gelatineblätter. Als Alkohol eignet sich da auch ein Schlückchen Kaffeelikör.

Und für die weiße Mousse nimmt man zwei Tafeln weiße Schokolade (die beim Schmelzen manchmal etwas Ärger macht und Körnchen bildet – da hilft etwas Butter im Schmelztopf) und gibt in die Eicreme 4 Blätter eingeweichte, ausgedrückte Gelatine. Falls Alkohol: Da passt ein Schluck weißer Rum.

Wer sich die Mühe macht, und alle drei Mousse-Sorten auf einmal zubereitet, kann sie getrennt servieren oder in einer großen Glasschüssel schichten und mit der Gabel durchziehen – das wird dann ein marmoriertes Gesamtkunstwerk, sehr schön.

Zum Servieren Nocken von der Mousse abstechen. Und klar: Dazu passt eine Vanillesoße, eine Karamellsoße, auch eine Fruchtsoße, etwa von Kirschen, oder Früchte wie Kirschen oder Physalis.

Bleibt eine Frage: Warum hält sich trotz meiner wie ich finde perfekten Mousse mein privates Glück in doch recht engen Grenzen? Es bleibt ein Geheimnis.

P.S. Beim Lesen des eben Geschriebenen fällt mir eine Schieflage auf: Muss immer ich es sein, die um ihr Lebens- und Liebesglück kocht? Die Antwort lautet: Nein, natürlich nicht. Auch ich bin – wenn auch eher selten – liebevoll bekocht oder mit Essen versorgt worden.

An einen Moment einer alles in allem unglücklichen Liebesgeschichte erinnere ich mich trotz Herzschmerz gern: Ich war mit M. in der Bretagne. Und recht schnell gab‘s Missverständ-

Ein kleiner Teller dreifarbige Mousse au Chocolat ganz für mich allein. Mit Physalis und Sahnehäubchen

nisse, Krisen, Streit. Aber es gab auch Folgendes: Wir saßen in einem der kleinen, unkomplizierten Restaurants an der Küste. Auf der Speisekarte reichlich die Früchte des Meeres. Wir bestellten zweimal Araignée. Diese Meerspinne hat zwar viele Beine, ist aber keine Spinne, sondern gehört zur Krebsfamilie. Ihr weißes Fleisch schmeckt köstlich, fast wie Hummer. Aber man muss halt rankommen. Mit einer Art Nussknacker für's Grobe, mit den dünnen Metallstäbchen samt Widerhaken am Ende, die in Frankreich zu Krustentieren gereicht werden, für den Inhalt der Spinnenbeine. Und dann geht's ans Knacken und Rauspulen. Der Wohlgeschmack lohnt die Mühe. Und die Mühe ist bei der Araignée halt noch ein bisschen mühsamer als beispielsweise beim Tourteau, dem Taschenkrebs. Kurzum: Während M. und ich da saßen und uns abmühten, an unser Essen zu kommen – mit leichten Nachteilen meinerseits, wegen meiner schon erwähnten mangelnden Feinmotorik – während wir also da saßen, fiel mir auf, wie M. auf ein Stück Baguette jede Menge Ausgekratztes aus den Spinnenbeinchen verteilte, darüber ein wenig von der glasigen Mayonnaise gab, und als dieses kleine Edelsandwich glatt gestrichen war und appetitlich glänzte, da gab er's – mir! Soviel Mühe, ganz allein für mich? Ich konnt's kaum glauben, und ich hab's genossen. Bald darauf waren wir trotzdem geschiedene Leute. Aber diesen Moment im kleinen Lokal an der Atlantikküste behalt ich trotzdem in dankbarer und liebevoller Erinnerung.

15: Mein Abend im 3-Sterne-Restaurant oder: Wie wahr sind meine Geschichten?

Es war 1987 – das 25jährige Jubiläum der Partnerschaft zwischen Rheinland-Pfalz und Burgund wurde gefeiert. Die Radioreporterin Judith Kauffmann hatte die Idee, anlässlich dieses Jubiläums mit dem Fahrrad durch Burgund zu fahren – auf einer selbst gewählten Route mit möglichst vielen Dörfern und Städten, die Partnerschaften zu rheinland-pfälzischen Gemeinden pflegten. Jeden Morgen im SWF-Frühmagazin „Guten Morgen aus Mainz" würde ich von unterwegs berichten. Zum einen von Land und Leuten und zum anderen vom Essen dort. Ich erzählte etwa, dass man im Städtchen Charolles die Steaks der weißen Charolais-Rinder in einer Art Bügeleisen am Tisch gebraten bekommt, oder wo mir der Jambon persillé (eine feine Schinkensülze mit viel Petersilie) am besten geschmeckt hat. In Auxerre richtete man mir Grüße für Worms aus, im edlen Weinort Chassagne-Montrachet erfuhr ich Neuigkeiten für die Freunde in Sankt Martin, und der Apotheker in Etang-sur-Arroux schwärmte vom Aufenthalt im Schwester-Städtchen Edenkoben. Und dazwischen: radeln, Themen suchen, Zimmer suchen, am nächsten Morgen in aller Herrgottsfrühe ein Telefon für den Live-Bericht nach Mainz finden, Handys gabs noch keine.

Zum Glück hatte ich nach der Reportage-Tour noch ein paar Tage Urlaub eingeplant. Auf dieser Reise kam ich auch nach Chagny, verschwistert mit Wissen an der Sieg. Auf der Suche nach einem Restaurant für den Abend wurde ich schnell fündig: Das „Lameloise" sollte es sein. Ich reservierte einen Tisch und merkte: ist schon was Feineres. Erfuhr dann abends, dass ich in einem ehrwürdigen Drei-Sterne-Restaurant speisen würde, einem der besten Frankreichs. Ich gönnte mir ein Dégustationsmenue, neun Gänge: Hase, Geflügel, Fisch, Gratins, Schäumchen, Sorbets – jedes Gericht ein Gedicht. Und noch dazu wurde ich behandelt wie eine Fürstin. Das Servicepersonal kümmerte sich auf's Freundlichste um mich, ohne aufdringlich zu sein. Und der überaus liebenswerte Sommelier, der zudem die Pfalz kannte, erzielte eine Übereinkunft mit dem gut besetzten Tisch neben meinem, dass ich mich in die Weinbestellung dort einklinken konnte, sodass auch die Rechnung überschaubar blieb. Kurzum: Niemals zuvor – und auch niemals danach – habe ich so gut gegessen.

Diese schöne Geschichte hab ich oft erzählt, auch im Freundeskreis. Einmal saß mein guter Kumpel Jürgen dabei und hörte zu. Jürgen, mit dem ich im Jahr meiner Burgund-Tour liiert war. Und mit dem ich nach Abschluss meiner Reportagen noch ein paar Tage im Burgund verbrachte. Jürgen also ließ die Geschichte von meinem Abend im Drei-Sterne-Restaurant auf sich wirken. Und meinte dann: „Mhm, Judith. Stimmt alles. Nur eines hast du vergessen: Wir waren damals zu zweit im Lameloise. Du hast mich unterschlagen."

Es gibt kaum etwas Peinlicheres aus meinem Leben zu erzählen als diese Geschichte. Die Hirnforschung bestätigt: Wir haben Grund, unseren Erinnerungen gelegentlich zu misstrauen. Wie es Max Frisch in seinem Roman „Mein Name sei Gantenbein" schrieb: „Jeder Mensch erfindet sich früher oder später eine Geschichte, die er für sein Leben hält."

Picknick in Burgund. Dieses Foto von unserer Rast zwischen Grand-cru-Weinbergen hat Jürgen gemacht

16: Was hilft, die kranke Seele heil zu machen? Oder: Rezepte aus der Psycho-Klinik

Gut gelaunt sein, positive Energie ausstrahlen, auf die Menschen zugehen – das war und ist mein Wesenskern, unabdingbar für meinen beruflichen Erfolg. Doch irgendwann in den 1990er Jahren braute sich etwas zusammen: unheilvoll. Ich war erfolgreich, keine Frage. Aber da war auch viel Druck von außen. Einschaltquoten, Kritik in Konferenzen, öffentliche Reaktion auf die eigene Arbeit. Und dabei im Hintergrund das Wissen: Du hast nur deinen kleinen journalistischen Bauchladen, mit deinen Ideen, deiner Art, deinen Stärken, deinen Schwächen. Auch wenn du gut beschäftigt bist: Das kann sich jederzeit ändern, also halte den Ball im Spiel. Ich versuchte dabei immer, ich selbst zu sein, zu bleiben. Aber immer öfter hatte ich Mühe, dieses innere Hamsterrad in Schwung zu bringen.

1991 sagte mein Körper dann nein. Morgens nach einer anstrengenden Ausgabe von „Flutlicht", unserer Sportsendung, ertastete ich etwas beim Duschen. Es war ein Krebs der aggressiven Art, den ich aber zum Glück recht früh entdeckt hatte und zum noch größeren Glück überstand. Um so früh wie irgendmöglich, noch vor Ende der Therapie, wieder lächelnd in meinen Job zurückzukehren. Keine Reha, keine Nachsorge für's Seelchen, das alles brauchte ich vermeintlich nicht. Das Hamsterrad nahm schnell wieder Fahrt auf. Auch wenn sich im Hintergrund Enttäuschungen und Ängste regten. Ich war als Frau nun ein schadhaftes Modell. Ich hatte als Mensch registriert, dass auch enge Freund*innen nicht gut mit meiner Krankheit umgehen konnten. Mich mieden, solange ich in der Klinik war. Egal. Leben geht weiter. Und das tut es zum Glück bis heute.

Doch die eigentliche Belastungsprobe kam ein paar Jahre später. Wie fühlte ich mich da? Der große William Shakespeare hat das aufs Beste beschrieben, am Anfang seines „Kaufmanns von Venedig": „Fürwahr: ich weiß nicht, was mich traurig macht. Ich bin betrübt ... Doch wo es herkam, wie's mich angeweht, aus welchem Stoff es ist, wodurch erzeugt – das muss ich erst noch lernen. Und solchen Narren macht aus mir die Schwermut: Ich kenne nur mit knapper Not mich selbst."

Ich kannte mich tatsächlich nicht mehr. Das Hamsterrad wieder anzuwerfen, erwies sich als fast nicht mehr möglich. Einmal – bei einer Aufzeichnung unserer Kochsendung – war der Schwung dahin. Ich gab vor, dass mir schlecht sei. Setzte mich ins Auto. Fuhr einen Feldweg entlang durch die Guldentaler Weinberge. Und führte mit letzter Energie ein paar wichtige Telefonate: Meine Depression war nun nicht mehr etwas, das ich mit Energie überwinden konnte. Ich brauchte Hilfe.

Vor einer Klinik im Sendegebiet graute mir. Ich bekam einen Platz in Zürich, kein Luxus, ein ganz normales psychiatrisches Krankenhaus. Ich gab mir vier Wochen – und, oh Wunder: Kurz vor Ende der Behandlung (mit Gesprächen, mit Sport, mit Beschäftigung, aber auch mit der inspirierenden Atmosphäre dieser schönen Stadt) kam mein Lebensmut zurück.

Ich mache das an zwei Erlebnissen fest: Das eine war, dass mir beim Spaziergang am Waldrand des Zürichbergs regelmäßig ein Reh begegnete. Und ich mich darüber freuen konnte. Das andere war der Geschmack eines Kuchens, den eine Mitpatientin mich probieren ließ. Er ist süß und sauer, dabei saftig und gut haltbar. Das Zitronige im Kuchen ist nicht in Dr. Oetkers Aromen-Labor entstanden, sondern pure Natur. Und die gehackten Mandeln erinnern mich bei jedem Biss an *moi Palz*, an die Mandelbäume entlang der Weinstraße. Die Mitpatientin hat mir ihr Schweizer Zitronenkuchen-Rezept vermacht, ich hab's ein bisschen verändert.

Judiths Zitronenkuchen

250 g Butter
190 g Zucker für den Teig
100 g Zucker für den Zitronensaft zum Beträufeln
5 Eier
4–5 Bio-Zitronen

200 g Mehl
100 g gehackte Mandeln
2 TL Backpulver

Die zimmerwarme Butter mit 190 g Zucker rühren, bis sich der Zucker gelöst hat, nach und nach die 5 Eier dazugeben und rühren, bis der Teig schön cremig ist. Darüber kommt die abgeriebene Schale von 4 unbehandelten Zitronen. Mehl, Mandeln und Backpulver werden vermischt und unter die Butter-Ei-Masse gerührt, dazu noch der Saft einer halben Zitrone.

Diesen Teig streicht man auf ein gefettetes und mit Backpapier ausgeschlagenes Backblech (ich persönlich benutze lieber eine emaillierte Braten-Reine, die ist etwas kleiner als ein Backblech), das kommt in den auf 175° vorgeheizten Backofen, Einschubleiste im unteren Drittel. Nach ca. 15 Minuten ist dieser Kuchen gebacken (Garprobe: mit Stricknadel in den Teig stechen, bleibt kein Teig kleben, ist der Kuchen gar).

Nun kommt das, was den Kuchen so schön saftig-zitronig macht: Während des Backens presse ich den Saft von 4 Zitronen aus und verrühre den sehr gut mit den restlichen 100 g Zucker.

Mit der Stricknadel mach ich Löcher in die Teigplatte, dann träufle ich den süßen Zitronen-Saft gleichmäßig über den ganzen Kuchen. Das darf/soll gut durchziehen. Gerne über Nacht. Dann schneide ich den Kuchen in der Form zu Würfeln, fülle ihn in meine schöne Sandwichbox und nehm ihn mit – früher oft zur Arbeit, heute zu Besuchen, auch zum Picknick. Weil sowohl Zitronensaft wie auch Zucker konservieren, hält sich der Kuchen in der Box prima.

Dieser Zitronenkuchen war mir auch dann eine Hilfe, als es in den letzten Jahren meines Jobs ein bisschen eng wurde: sowohl „Himmel un Erd" als auch die Moderation der Landesschau entfielen für mich. Was folgte, war kurz etwas Panik: Wie würde ich künftig meine Miete bezahlen? Dann ebenfalls nur kurz eine unerfreuliche Phase von vergeblichem Klinkenputzen bei diversen SWR-Redaktionen. Bis ein paar freundliche Kollegen der Landesschau und ich das Projekt „Judith trifft“ ausbaldowerten: Porträts von ganz normalen Menschen, die – jede und jeder auf ihre/seine Art – ihr Leben eindrucksvoll meisterten. Sei es der Kläranlagen-Werker im Hunsrück, die behinderte junge Frau in der Eifel, die im Hotel arbeitet, die Nonne an der Mosel, die als Letzte im kleinen Kloster die Stellung hält: Viele, viele, viele Menschen habe ich kennengelernt und es war mir eine Freude und eine Ehre, sie einen Film lang zu würdigen, sie auf das Podest zu stellen, das sie verdient haben. Diese Filme waren in den ersten Jahren recht lang, etwa acht Minuten. Drehzeit ein Tag. Wer vom Fach ist, weiß: Das ist ein hartes Stück Arbeit. Mit Kaffeepause und Zitronenkuchen kamen wir meistens ganz gut durch diese langen Drehtage. Allen Beteiligten, Kamerateams, Cutter und Cutterinnen, vor allem aber den Menschen, die uns in ihr Leben schauen ließen, gilt noch heute mein Dank.

Aber es gab nicht nur den einen Klinikaufenthalt. In der Tat: Der Schwarze Hund – so hat der Autor Matthew Johnson seine Depression gesehen – kam wieder, wie es Hunde so tun und apportierte das Stöckchen.

Die Depression war zurück – schlimmer als beim ersten Mal. Diesmal dauerte der Klinikaufenthalt (in einem christlich geprägten Haus am Rand des Schwarzwalds) zwei Monate. Und wieder war es eine Südfrucht, die mir aus den grauen Tagen, der Niedergeschlagenheit und den Endlosschleifen der düsteren Gedanken wenigstens ein bisschen heraushalf. Es war ein **Blutorangen-Wackelpeter**. In der Klinikküche gab man zu: ein Fertigprodukt.

Wieder zuhause dachte ich: Das geht doch auch mit echten Früchten. Und bereite ihn nun oft und gerne zu, allerdings nur zwischen Januar und März – dann gibt’s frische Blutorangen. Ein knappes Kilo brauche ich, presse sie aus, um 500 ml Saft zu erhalten. Diesen Saft süße ich mit ca. 100 g Zucker, erhitze ihn. Inzwischen weiche ich 6 Gelatineblätter in kaltem Wasser ein (um wackelpetertechnisch ganz sicher zu gehen, schaden auch 7 Blätter nichts), drücke sie aus und gebe sie in den heißen Saft (den ich, falls ein Hauch Alkohol erwünscht ist, mit einem kleinen Schuss weißem Rum aromatisieren kann). Diese flüssige Masse fülle ich in eine Puddingform oder in eine Schüssel. Nach einem Tag im Kühlschrank ist der Wackelpeter fest und kann gestürzt oder in Nocken abgestochen werden. Dazu passt Schlagsahne. Unschlagbar simpel, dieser Nachtisch, aber köstlich. Findet auch Josefine, ein Mädchen aus meinem Freundeskreis.

Nun könnte man sagen: Nur drei Monate „Blutorangentherapie", das ist ein bisschen wenig. Und natürlich könnte ich den Wackelpeter auch ganzjährig aus Saft fabrizieren. Aber ehrlich: Ich habe Freude am Saisonalen. Ich mag es, dass nach den Blutorangen dann ja bald der Spargel kommt, und der Rhabarber, die Erdbeeren. Der frische Salat, die Rettiche. Nicht zu vergessen die Kirschen, aus denen ich, auch wenn's viel Mühe ist, den guten alten *Kerschepolschter* mache (jawohl: *Polschter*, so hat ihn meine Westpfälzer Mama genannt, nicht *Plotzer*, wie's in der Vorderpfalz heißt, das klingt mir zu brutal). Ja, sie ist kurz, die Zeit der Kirschen und der Blutorangen, das empfinde ich Jahr für Jahr – aber das ist auch gut so. Wenn ich das akzeptiere, kann ich mich umso mehr freuen auf die guten Sachen, die Gott oder wer auch immer im Jahresverlauf so wachsen lässt.

Mit sich und der Welt im Reinen, die Frau K.? Nun: Es geht mir zwar am *liebschte*, aber längst nicht immer gut. Der Schwarze Hund ist gelegentlich in Sichtweite. Dann koch ich was Gutes – siehe oben – und besinne mich auf die Dinge, die ich in den Kliniken gelernt habe. Gehe raus ins Freie. Bewege mich. Und rede auch mal über den Schwarzen Hund. Die breite Diskussion über Burn-out hat es leichter gemacht, über Schwermut zu sprechen. Was ich hiermit tue.

Ist das zu intim, geb ich zu viel preis? Vielleicht. Aber verstellen mag ich mich nicht mehr. Ich hab es immer als tröstlich empfunden zu erfahren, dass ich ganz und gar nicht allein bin. Und schließlich lichten sich die Wolken ja auch wieder. Der Italiener Giacomo Leopardi, der selbst an Depressionsschüben litt, hat

Blutorangenwackelpeter mit Josefine

das so beschrieben: „Vorüber das Gewitter! / Die Vögel zwitschern wieder, auch die Henne sucht die vertraute Straße und gackert ihren Vers ... / War je so hold, war je so schön das Leben anzusehn?“

17: Der Magen der Sau oder: Wie mich mein erstes Buch sogar an den Polarkreis brachte

„*Mer henn ehr gäwwe,*
was se gebraucht hot.
Un sie hot uns gäwwe, was mer gebraucht hänn.
So hat die Wutz vun uns geläbt,
un mer hänn vun de Wutz geläbt.
Awwer: Sie iss nochemol gedätschelt worre,
bevor de Metzger kumme esch.“

Dieses schöne Gedicht hat Robert Schultz geschrieben, ein Mundartdichter der nachdenklichen Art aus dem südpfälzischen Herxheim. Ein Gedicht über die Wutz. Dieses Tier – in so vielen Kulturen verachtet – war den Kelten heilig – und ihr bevorzugtes Opfertier. Sagte mir ein Historiker. Und wie die Kelten so halten's auch die Pfälzer: Unsere wichtigsten fleischlichen Spezialitäten – Hausmacher Worscht, Lewerknepp, Bratworscht und eben Saumagen – liefert uns die Sau. Zu der hab ich schon früh ein inniges Verhältnis entwickelt. Früher – ich hätt nie gedacht, dass ich mal so oft Sätze sag, die mit „früher“ anfangen – früher also gab meine Kindsbacher Oma uns Enkelkindern oft ein Sauschwänzel zum Essen. Und das waren nicht die niedlich geringelten geräucherten Würstchen, die heut als Sauschwänzel angeboten werden, sondern das echte, weichgekochte Schwänzel, das wir Enkel mit Wonne abnagten. Bei den Schwanheimer Großeltern ist gleich neben Misthaufen und Kuhstall immer ein Schwein (*also immer e anneres*) großgezogen worden. Wenn ich da war, hab ich mit Begeisterung den Brei aus gekochten Kartoffeln und Kleie angerührt, den die Sau dann laut schmatzend gefressen hat. Ich wusste schon, worum es wirklich ging und hab es Jahre später auch in einer Radioreportage festgehalten: das letzte Quieken, das kurz war, wenn der Hausmetzger gut und schnell gearbeitet hat.

Die vielen Arbeitsgänge, die bei der Hausschlachtung folgten, hab ich bei meiner Schwanheimer Freundin Veronika miterlebt. Da staunten die Leute nicht schlecht, dass das Stadtkind mit Begeisterung das Blut für die Blutwurst gerührt hat. Das Schlachtfest – wo erleben Kinder das heut noch? Nun: Ich will das Schlachten nicht schön reden. Aber solange ich Fleisch esse, sind mir einige Dinge wichtig: Dass das Tier gut gelebt hat, dass es auf schonende und schmerzfreie Art geschlachtet wird und dass es dann auch ganz genutzt wird. Denn ein Schwein besteht nicht nur aus Lendchen und Schnitzelchen. Und hier kommt der Saumagen ins Spiel: der Magen der Sau, gründlich gereinigt, klar, und dann gefüllt – beim Schlachtfest mit den Resten vom Fleisch und mit Wurstbrät, beim Metzger auch mit Feinerem, mit Würfeln vom Rücken oder Hals, aber immer mit reichlich Kartoffeln und Gewürz. So gefüllt und dann behutsam gesotten, erwarb er sich seinen Ruf, der Pfälzer Saumagen, inzwischen ein Pfälzer Leibgericht.

Nun bin ich ja von klein auf eine sendungsbewusste Pfälzerin. Und so musste ich mich mehr als einmal rechtfertigen, wenn beispielsweise unsere rechtsrheinischen Freunde, die Badener, breitbeinig und -ärmig in der Pfälzerwaldvereinshütten saßen und bei Schorle und Bratwurst über unsere Lebensgewohnheiten lästerten. Saumagen! Wer isst denn sowas? Obwohl ich von Haus aus lieber Leberknödel mag, wurde ich zur flammenden Saumagen-Befürworterin. Und dann kam das Angebot, ob ich nicht ein Saumagen-Buch schreiben wolle. Gesagt – getan. Verleger Thomas Plöger, selbst eher der vegetarische Typ, veröffentlichte das Büchlein „Der Saumagen". Darin einiges über die Geschichte des Saumagens, über seine Anatomie, etliche Saumagen-Anekdoten, vor allem aber Rezepte. Von Metzgern, aus Weinstuben und Restaurants, aber auch aus Privatküchen. Das war mir ein besonderes Anliegen: dass der Saumagen als Gesamtkunstwerk in unserer Alltagsküche erhalten bleibt. Und daher hier mein Saumagenrezept: brockelig, archaisch, gut.

Um Saumagen-Variationen ging es auch in „Lafers Himmel un Erd“: Kochgast Harald Wolf aus Kaiserslautern präsentierte sein Saumagen-Rezept und seinen Tipp zum Garen: statt im Sud im Backofen, gut eingepackt in Alufolie. Bei 180 Grad 3 Stunden

Judiths Saumagen-Rezept

Für 6 Personen:
1 mittelgroßer Schweinemagen, gut gereinigt und gewässert (beim Metzger vorbestellen)
Für die Füllung: 800 g festkochende Kartoffeln (ungeschält gewogen)
4 mittelgroße Zwiebeln
1 Stange Lauch
500 g Schweinehals, vom Metzger gemahlen oder zu Hause durch die feine Scheibe des Fleischwolfs gedreht
250 g Schweinebauch, ebenfalls gemahlen
1 Schweinelende, ca. 500 g
3 Eier
1 große Handvoll frisch gehackte Petersilie
1 kleine Handvoll frischer Majoran (oder 10 g getrockneter)

20 g Salz, Pfeffer, reichlich Muskat (gut eine halbe Nuss reiben)
je eine Löffelspitze Koriander und Piment
2 Brötchen, eingeweicht und sehr gut ausgedrückt

Geschälte Kartoffeln in kleine Würfel schneiden, in kochendem Wasser 5 Minuten blanchieren, abgießen. Zwiebeln fein schneiden, in einer großen Pfanne in reichlich Butter anschwitzen, die gut abgetropften Kartoffelwürfelchen dazu geben, durchrösten (die Kartoffeln dürfen nicht zerfallen). Den Lauch fein schneiden.

Die Schweinelende in Würfel schneiden, das gemahlene Fleisch (Hals und Bauch) und die Würfel miteinander vermischen. Die abgekühlten Zwiebeln, den Lauch, die Kartoffelwürfelchen, Petersilie und Majoran zufügen, die Eier ebenso, dann Salz, Muskat, Piment und Koriander und alles gut vermischen. Wer's fester will: 2 eingeweichte und sehr gut ausgedrückte Brötchen dazu. Diese Füllung Löffel für Löffel in die große Öffnung des Magens geben, mühsame Arbeit! Immer gut nachdrücken, dass möglichst keine Luftlöcher im Magen bleiben. Wenn der Magen prall, aber nicht zu prall gefüllt ist, die Öffnung mit ner Metzgerkordel gut abbinden.

In einen großen Topf mit reichlich simmerndem Wasser geben. Damit der dicke, schwere Magen im Sud schwimmt und nicht unten am Topfboden ansetzt, bastel' ich mir aus einem stabilen Holzkochlöffel und Schnur eine Saumagen-Aufhängung. Und damit ich die Temperatur des Suds – 90 Grad – kontrollieren kann, klemme ich ein Küchenthermometer zwischen Topf und Topfdeckel, der nicht ganz aufliegen soll. Vier Stunden lang soll er im Topf gar ziehen.

Den fertigen Saumagen kann man im Backofen als Ganzes mit Butter überglänzen. Mach ich normalerweise nicht.
Aber für die Fernsehsendung „Fröhlicher Weinberg" musste ich während der Proben einen fertig gegarten Saumagen nochmal 3 Stunden im Backofen „aufbewahren", bei 100°. Ich hab ihn zwischendurch fleißig mit Butter begossen. Bei der Livesendung hat er geglänzt. Und geschmeckt.

So einen kompletten Saumagen am Tisch aufzuschneiden ist ein urtümliches Küchenerlebnis. Aber nix für Nervenschwache. Denn er darf zwar brockeln, aber wenn er dann zu sehr brockelt, geniert sich die Köchin. Wir sind schließlich die perfekten Saumagenscheiben vom Metzger gewohnt, die sich prima portionsweise braten lassen. Und ehrlich: Auf die greif ich auch gern zurück – wenn sie gut sind.

Nun hatte ich also das Saumagen-Buch veröffentlicht. Und wurde konfrontiert mit Zuspruch (von Pfälzern) wie auch mit Befremden (von Nicht-Pfälzern). Befremden, in dem Ekel mitschwang. Unterstellt man uns, wir würden den Magen der Sau aufessen – mitsamt all dem, was die gefressen hat? Was für ein Bild vom Pfälzer, von der Pfälzerin, hat man da?

Weitere Aufklärung tat not. Ich hatte zur Buchvorstellung mit den hoch geschätzten Speyerer Musikern Stefan „Hering" Cerin

Judith in Sachen Saumagen am Polarkreis mit Stefan „Hering" Cerin (links) und Dr. Michael Beutelspacher

und Dr. Michael Beutelspacher einen Saumagen-Abend kreiert, mit dem wir auf einigen Bühnen auftraten und im Speyerer Zimmertheater sogar ausverkauft waren. Und siehe da: Es gab ein ungewöhnliches Angebot für ein Gastspiel: Im Winter 2017 waren Stefan, Michael und ich zum Auftritt im nördlichen Schweden eingeladen, nur eine halbe Stunde Fahrzeit vom Polarkreis entfernt.

Im Eishotel erzählten und sangen wir, und alle ließen sich im Rentier-Land den Saumagen schmecken, meinen, vor allem aber den von Klaus Hambel, bekanntester Saumagen-Metzger der Pfalz aus Wachenheim, der mit von der Partie war. Das Publikum: vorwiegend pfälzisch. Die Ureinwohner der Gegend, die Samen, ließen sich an diesem Abend nicht blicken. Aber ich schwärme seither vom Rentier-Fleisch, es schmeckt wie Rind, nur ein bisschen wilder.

Mein 71jähriges Ich im Stillen Tal bei Iggelbach/Pfälzerwald

18. Seniorenteller oder: Was bitte gibt's zum Schluss?

Ich bin alt. Wenn's irgendwo eine Vergünstigung für Rentner gibt bei Handballspielen der Eulen Friesenheim zum Beispiel, muss ich meinen Rentnerausweis schon gar nicht mehr vorkramen, der Augenschein genügt. Ganz zu schweigen davon, dass ich auch im schönsten Ausgehdress unterwegs sein kann, ohne dass mich ein Mann wahrnehmbar ähm: eben wahrnimmt. Schlimm? Nein. Es hat auch was Entlastendes. Das Schaulaufen war nie so mein Ding, auch wenn man mir das als ehemaliger Fernsehfrau vielleicht nicht glaubt, und ich empfinde mich eigentlich als uneitel. So war's für mich kein Drama, als ich mit Ende 20 schon etliche graue Strähnen im Haar entdeckte. Wie Stammzuschauer von SWR wissen, hab ich das so geschehen lassen, habe die Haare nicht gefärbt, war so ziemlich die einzige halbwegs junge Moderatorin im Land mit grauem Haar.

Die junge Frühergraute im Job

Das ist ab und zu kritisch hinterfragt worden, wurde dann aber zu einer Art Markenzeichen. Allerdings: Dass nun auch die Brauen langsam ergrauen, das macht mir zu schaffen. Soweit also alles ganz normal und nicht weiter schlimm. Allerdings altert man ja leider nicht nur äußerlich. Wenn's nun in Schultern, Hüfte, Knie zwickt, schauen sich der Orthopäde und die Röntgenärztin Ultraschall und Bilder an und murmeln was von ersten Anzeichen von Arthrose, Abnutzung, Verschleiß. Der Kardiologe sagt: „Mehr bewegen, Frau Kauffmann, Sie wandern doch so gern!" Das Knie von Frau Kauffmann sagt: „Jetzt grad gar nicht. Ich hab ne Entzündung und mag nicht bergab gehen."

Das hat auch meine Küchenpraxis verändert. Und mal ehrlich: Seit ich öfter mal mein Arthrose-Kochbuch der NDR-Ernährungsdocs nutze, geht's mir besser.

Dennoch die Erkenntnis: „Alt werden ist natürlich kein reines Vergnügen. Aber denken wir an die Alternative!" Sagte einmal Robert Lembke. Kennt denn noch jemand außer mir? Er war Journalist und Fernsehmoderator, hat „Was bin ich" moderiert und ist 1989 gestorben. Diese Alternative bleibt keinem von uns erspart. Ich bin gespannt, wie das sein wird. Erstmal das Sterben – das hoff ich, in Würde hinter mich zu bringen. Und wie ist es mit dem Gottvertrauen? Große Bereitschaft meinerseits ist vorhanden, ich bin eine Katholikin geblieben, aber der Gottesglauben ist mir abhanden gekommen. Wobei: Gott oder Göttin – es wäre eine schöne Option. Wenn's ihn gibt, stelle ich mir seinen Auftritt im Jenseits so vor, wie David Bowie in Take 11 meines Lieblings-Musikvideos auftrat: Bei der Privat-Dancer-Tour der wunderbaren Tina Turner. Sie stand in einem unglaublichen Lederfummel auf der Bühne, stimmte den Bowie (und Iggy Pop)-Song „Tonight" an – und nach den ersten Zeilen erscheint/erstrahlt dieser blonde Mann in weißem Frack und mit nicht so schönen Zähnen – macht nix! – auf dieser Bühne und sie singen zu zweit: „I will love you, till I reach the end."

Das hab ich mir so oft angesehen, auch an dem Tag, als David Bowies Tod gemeldet wurde. Wenn der liebe Gott, so es ihn gibt, nach meinem Ableben, falls das dann doch nicht das siche-

re Ende von allem ist – wenn also dieser liebe Gott david-bowie-gleich an meine Seite träte – das wär‘ schon ... das wäre ... das ist ganz schöner Größenwahn, Frau K., sich das überhaupt vorzustellen!
Im wirklichen Leben habe ich schon viele Todesfälle, viele Beerdigungen erlebt. Wenn es um meine nächsten Menschen wie meine Mutter, meine Schwester ging, oft in einer Art Betäubung, in der ich einfach nur funktioniert habe. Die letzte Beerdigung, von der ich schreiben möchte, betraf Walter Bachtler, den Neustadter Malermeister, den ich vor allem als Bruder meiner Schauspiel-Kollegen Wolfgang und Reinhard Bachtler kannte. Alle, die ihn würdigten, beschrieben ihn als zugewandt, hilfsbereit, zupackend und als einen, der auch in seiner schweren Krankheit den Kern seines Wesens behielt: Mut, Humor, Freundlichkeit. Mir war das gar nicht so bewusst gewesen, was für ein besonderer Mensch da von uns gegangen war. Es wurde viel geweint an diesem Tag. Doch keine zwei Stunden später saßen wir zusammen, bei einem schlichten, wohlschmeckenden Imbiss, belegten Brote, Kranzkuchen, erzählten, erinnerten uns, lachten. So ist es gut. So soll es sein.
Ich werde nicht so viel Lob verdienen. Aber ich wünsch mir so einen Leichenschmaus. Etwas undramatisch Gutes soll es zu essen geben. Also unbedingt belegte Brote, gerne auf Pfälzer Art mit Hausmacher Wurst und mit weißem Käs. Und dazu den buttrigen Bretonischen Apfelkuchen.

Bretonischer Apfelkuchen

Für eine 26-cm-Springform:
180 g weiche Butter
120 g Zucker
1 Päckchen Vanillezucker
4 Eier
250 g Weizen- oder Dinkelmehl
½ Päckchen Backpulver
1 Prise Salz

3 EL Calvados oder Apfelsaft
750 g Äpfel, geschält und in Spalten geschnitten
für den Guss:
40 g Butter
1 EL Honig
1 Ei
70 g gehobelte Mandeln

Die Butter mit Zucker und Vanillezucker cremig schlagen, die Eier nach und nach zur Zucker-Butter-Mischung geben und aufschlagen. Dann Mehl mit Backpulver und Salz vermischen und unter den Teig rühren. Ganz zum Schluss Calvados oder Saft dazugeben.

Den Boden der Springform mit Backpapier auslegen, den Rand buttern und mit etwas Mehl oder Semmelbröseln bestreuen. Die eine Hälfte des Teigs in die Form geben, darauf dann ein Drittel der Äpfel – ruhig ein bisschen in den Teig reindrücken, darüber den restlichen Teig – und obendrauf schön kreisförmig die restlichen Äpfel, auch die etwas in den Teig drücken.

Dieser Kuchen – noch ohne Guss – kommt in den auf 150° vorgeheizten Backofen, unteres Drittel, und wird 35 Minuten gebacken. In der Zwischenzeit bereitet man den Guss zu: die Butter schmelzen, mit dem Honig, dann mit dem verquirlten Ei und den gehobelten Mandeln verrühren.

Nun hol ich den Kuchen aus dem Backofen, löffle den Guss gleichmäßig obendrauf. Dann weitere 25 Minuten zurück in den Backofen. Stäbchenprobe machen. Wenn kein Teig mehr am Stäbchen klebt, raus mit dem Kuchen, etwas abkühlen lassen. Dann vorsichtig raus aus der Form. Zu schad, dass ich im Ernstfall davon nix mehr zu essen bekomm ...

Mehr über mein Ende weiß ich noch nicht, nicht mal, wo ich wie liegen mag. Ein Versäumnis, ich weiß. Aber mit einem Motto zum Altern und einer Schlusspointe zum Sterben kann ich noch dienen. Das Motto ist ein Zitat aus meiner altsprachlichen Vergangenheit und lautet so: „Bereiten wir dem Alter einen freudigen Empfang – es ist eine erlesene Zeit des Lebens, wenn man den Abhang der Jahre hinabgleitet." Schrieb Seneca.

Aus dem Lexikon der letzten Worte, einzusehen in der Pfälzischen Landesbibliothek in Speyer, kann ich Ihnen noch eine Schlußpointe liefern. Sie beschreibt das Ende von Madame Josephte Brillat-Savarin, Schwester des berühmten Feinschmeckers Jean-Anthelme Brillat-Savarin. Die alte Dame, 98, die im Bett dinierte, fühlte, wie ihr schwindlig wurde. Sie klingelte dem Personal und konnte gerade noch rufen:

„Es geht zu Ende! Rasch das Dessert."

19: Mein Leben als Pfälzer Mädel wird fortgesetzt oder: Endlich Oma!

Um die Jahrtausendwende war ich noch voll im Job. Und das Privatleben? Meines war – na ja, eben privat. Im Beziehungsbereich eher glücklos. Beruflich anstrengend, wie immer. Aber es gab ja noch die Hoffnung, endlich Oma zu werden. Es dauerte, aber wurde doch endlich wahr. Erst heiratete mein Jan seine Traumfrau, und am 17. August 2011 kam mein erstes Enkelkind zur Welt. Zum Glück hatte ich keine Dreharbeiten an diesem Tag und sah das kleine bezaubernde Menschlein gleich am Tag der Geburt zum ersten Mal. Eingehüllt in die rote Decke, die ich im Santorini-Urlaub gestrickt hatte – voller Erwartung und Vorfreude.

Da war sie nun, meine Enkeltochter. Ich war rundum glücklich. Mit ein bisschen Angst: Würde ich eine gute Oma werden? Würde sie mich mögen? Hätte ich genug Zeit für sie? Ich war in der letzten Phase meiner Berufstätigkeit. Geld verdiente ich nur, wenn ich Filme machte. Es war nicht immer leicht, meine Termine so zu legen, dass ich freitags Zeit hatte: Freitag war/ist mein Enkelkind-Tag.

Seither lebe ich ein anderes Leben. Die Sinnfrage stellt sich nun gar nicht oder ganz anders: Dieses Persönchen schafft Tatsachen. Und diese Erkenntnis teile ich mit anderen Großeltern: Die Enkel machen einen Großteil unseres Lebenssinns aus. Nur sollten wir ihnen das besser nicht sagen!

Meinen Job hab ich gelernt. Aber wie werde ich eine gute Oma? Wie gehe ich mit der Enkelin um? Verwöhne ich sie? Naja – ein bisschen schon. Tue ich ihr viel Gutes? Ich hoffe. Bin ich auch mal streng? Nun: Ich achte auf Regeln beim Spiel, aber nicht diktatorisch. Halte ich es aus, dass sie mich manchmal gar nicht mag? Ja, aber es fällt mir schwer. Sie ist nicht für mich auf der Welt, klar. Aber sie ist meine Verbindung zur Zukunft.

Seit meine Eltern mich Judith nannten, fühle ich, die Katholikin, mich dem Judentum nah und verbunden. Dort spielen die Wünsche für das Leben nach dem Tod eine viel kleinere Rolle als im Christentum: Das Weiterleben in den Kindern und Kindeskindern – das ist der Himmel der Juden, falls ich das nicht ganz und gar missverstanden hab. Dass dieses Mädchen leben wird, wenn ich nicht mehr da bin, das gibt mir ein gutes Gefühl.

Angefangen hat unsere Beziehung, als meine Enkeltochter ein kleines Kerlchen war, das es liebte, herumgetragen und besungen zu werden. Ich hab die Volksliedkiste in meinem Unterbewusstsein aufgemacht und war erstaunt, wer und was da alles zu Tage kam: Brüderchen, komm tanz mit mir. Ännchen von Tharau ist's, die mir gefällt. Probier's mal mit Gemütlichkeit. De Hans im Schnookeloch. Und wehe, wenn ich aufgehört habe zu singen: Da zog schon die ganz Kleine ihre Augenbrauchen gefährlich zusammen und schaute so strafend, wie's sie heut noch gelegentlich tut: Achtung, ein Gewitter zieht auf.

Die Kleine und ich

Wie sieht unser Miteinander aus? Sie fordert mich als Partnerin bei ausgedachten Spielen – dabei war ich im Theater nie die Spontane, da schätzte ich die festgeschriebenen Rollen samt Text, denn klar: Besser als Shakespeare kann man nicht sein. Nun setzt sie das Szenario. Beispiel – wie schon erwähnt: die ausgedachten Rollenspiele, bei denen sie die Figuren und das Szenario liefert – also Abschleppwagen und Autowerkstatt – und ich die Handlung beisteuern soll. Und wenn ich die zu spannend gestalte, etwa weil der Abschleppwagen den Weg zur Werkstatt nicht gleich findet, dann schimpft sie: „Oma, so machst du das IMMER. Eben ging noch alles gut, nun kommst du mit Problemen!"

Tja, zu viel Shakespeare gespielt, zu viel dramatische Verdichtung erlebt. Und man sagt ja auch zu Recht in der Pfalz: „*Wie mer's macht, macht mer's verkehrt!*"

Diese Spiele mit Prinzessinnen, mit Ernie und Bert, mit allen Plüschtieren, fordern die Fantasie von Enkelkind und Oma – und am Ende wird wirklich immer alles gut. Wer weiß: Vielleicht lande ich nach der Praxis mit ihr mal bei Theatersport oder Poetry-Slams. Wobei: Da wär ich ihr vielleicht peinlich, ebenso peinlich, wie wenn ich bei Regen meine Baskenmütze aufzieh: „Oma, nimm die Mütze ab! Die Leute lachen!"

Und das Essen? Omas Kartoffelpüree war anfangs sehr beliebt. Und Schnitzelchen. Und Braten. Und Schokokuchen. Vor allem aber dunkle Bratensoße. Kein Mensch in unserer Kleinfamilie mag noch Rindsrouladen, denn die gab's bis zum Überdruss, weil die Kleine diese spezielle Soße mochte, und nur die. Zur Soße gab's oft Schneebällchen. Und Bratwurst. Zwischendurch auch mal Pfannkuchen mit Füllung.

Nur den Schokofischchen hält sie die Treue: ziemlich feiner Schokoladenpudding in den Dr. Oetker-Plastikfischförmchen, die leider eine inzwischen ausgestorbene Spezies sind. Eines bleibt vorläufig stabil: ihre Abneigung gegen Gemüse und Obst. Maries Eltern und ich sind uns ziemlich sicher: Als Teenager wird sie Veganerin sein. Und uns Flexitarier mit Verachtung strafen.

Meine Enkelin beim Pizzamachen

Was mir gefällt: Sie hilft gern beim Kochen, raspelt unermüdliche Gemüse, auch wenn sie's nicht essen mag, kann Schnitzelchen perfekt panieren und rollt mit Begeisetrung Pizzateig aus!

Meine Geschichte als Oma wird fortgesetzt. Inzwischen ist auch ein kleiner Enkelsohn da. **Glück, großes Glück!**

Die Autorin

Die Pfälzer Journalistin und Autorin Judith Kauffmann kam 1949 als Judith Seise in Neustadt an der Weinstraße zur Welt. Als erstes Kind ihrer Familie besuchte sie ein Gymnasium, das Kurfürst-Ruprecht-Gymnasium in Neustadt. Die eigentlich 1968 fällige Abiturprüfung mußte sie um ein Jahr verschieben, denn 1968 kam ihr Sohn zur Welt. Nach dem Abitur 1969 dann kein Studium, sondern Einstieg in den Beruf der Journalistin. Sie absolvierte 1969 bis 1971 ihr Volontariat beim PFÄLZER TAGEBLATT in Landau und war von 1972 bis 1974 Redakteurin bei der SPEYERER TAGESPOST.

1975 begann die prägende Zeit ihres Berufslebens als Radio- und Fernsehjournalistin. Sie arbeitete als Reporterin im SWF-Studio Ludwigshafen, zuerst vor allem für das neue und rasch sehr erfolgreiche Radioprogramm SWF 3. 15 Jahre lang war sie SWF3-Moderatorin, eine Zeit, die sie als anstrengendste, aber auch glücklichste ihres Berufsleben ansieht.

Daneben gab es in den 1980er Jahren mehr und mehr Fernsehaufgaben. Als eine der ersten Frauen in Deutschland moderierte sie eine regionale Sportsendung, „Flutlicht". Sie berichtete von Festzügen und Volksfesten in Rheinland-Pfalz, moderierte das Freitzeitmagain „Alla hopp". Landesweite Popularität erwarb sie sich durch das regionale Abendmagazin „Blick-ins-Land" (später „Landesschau"), das sie 20 Jahre lang moderiert hat.

Sieben spannende Jahre stand sie in der Kochsendung „Himmel un Erd" an der Seite Johann Lafers vor der Fernsehkamera.

Von 2006 stellte sie als Filmautorin in der Landesschau-Reihe „Judith trifft" Menschen vor, die jeder/jede für sich ganz normal und doch besonders waren.

Seit 2015 ist Judith Kauffmann Rentnerin und hat – wie's dem Klischee entspricht – viel zu tun. Als Privatmensch, als Familienfrau, als Großmutter. Und als Buchautorin. Nach ihrem Erstling, einem Buch über das Pfälzer Leibgericht Saumagen, nun „Nix Besseres wie was Gutes", die etwas andere Autobiografie, in der sie Lebens-Geschichten in Kochrezepten erzählt. Denn das war und ist Judith Kauffmann vor allem: eine Genießerin.